佐野しなの

III. あるみっく

私のほうが先に好きだったので。

WATASHI NO HOUGA
SAKI NI
SUKI DATTANODE.

「これから、わたしの一割は、安芸くんのもの」
甘い吐息が耳朶をくすぐる。
ドクン、と心臓が弾けて、
体温が一気に上昇したのがわかった。

加《か》二《に》釜《かま》 小《こ》麦《むぎ》
玄の元カノ。桜子の親友。

安《あ》芸《げ》 玄《げん》
主人公。
小麦が好き。
鳩《はと》尾《び》 桜子《さくらこ》
玄の今カノ。小麦の親友。

「いっちゃ、やだ……」

CONTENTS

WATASHI NO HOUGA

SAKI NI

SUKI DATTANODE.

私のほうが先に好きだったので。

佐野しなの

GA文庫

カバー・口絵・本文イラスト
あるみっく

プロローグ

PROLOGUE

「小麦《こむぎ》ちゃん、お友達からお願いしまーす！」

「危ないでしょ、桜子《さくらこ》」

小麦ちゃんは小さくため息をつく。

背後から駆け寄っていきなり腕に抱き着いたから驚かせちゃったみたい。

一瞬、目が真ん丸になってて、すごく可愛《かわい》かった。

小麦ちゃんはクールで無表情ってよく言われてるけど、実は結構わかりやすい。でもそう思えるのは、わたしが小麦ちゃんと仲が良くて、小麦ちゃんのことをよく見てるからなのかな。

「やー、駅出たら雨結構激しく降り出してびっくりだよー。学校まで入れてってくれる？」

「しょうがないわね」

「やったあ！」

口では呆《あき》れつつも、差していた傘をわたしのほうへとさり気なく傾けてくれる。

そんなことしたら、小麦ちゃんの肩が濡《ぬ》れちゃうのに。

「もー、そういうとこだぞ」

WATASHI NO HOUG
SAKI NI
SUKI DATTANODE.

「なにがよ」

小麦ちゃんは、しれっとカッコイイことをする。

お休みの日に一緒にお出かけしてごはんに行ったときだってそう。

わたしが食べたい料理二つあって悩んでたら、ササっと両方とも頼んでくれる。

それで、半分こしたらどっちも食べられるでしょ？　とか普通に言っちゃうんだもん。

うれしいんだけど、自分のことを二の次にするのはどうかと思うなあ。

何度そう言っても似たような行動を取るから、もう性分なんだと思うけど、親友としてはちょっと心配。

「お友達からお願いしますってなんなの？」

「ノリで言っただけー。でも、告白の言葉としてはホントなんなの？　って感じだよね、その台詞《せりふ》。『第一印象から決めてました！　お友達からお願いします』とか嫌だあ」

「どうして？」

「だって、恋人より友達のことが下だと思ってるから出てくる言葉でしょ？」

「そう……なのかしらね？」

「そーだよ、友達から進化して恋人になりたいって言ってるんだもん。この人にとって友達ってその程度なんだーってがっかりしちゃうよ」

「じゃあ桜子は友達のほうが重要ってこと？」

「んー、おつきあいとかしたことないからよくわからんですー。あ、でも、恋人は別れたら終わるってイメージあるかな」

「友達は？」

「ちょっとくらい疎遠《そえん》になっても再会したらすぐ元通りって感じじゃないかな！」

「恋人より深い関係性だろうってこと？」

「うん。でも、『友達以上恋人未満』って言葉があるってことは、みんな恋人のが上って思ってるのかなー？」

わたしの質問に、小麦ちゃんは少し考え込んでいる。

適当に受け流してくれても全然いいのに、ちゃんと受け止めて、無責任なことは言わないようにって気をつけてるみたい。小麦ちゃんのこういうところ、すごく好き。

「一般的に言えば友達がたくさんいるのはいいことだけど、恋人は一人じゃないと不道徳とされているからじゃない？」

「恋人はオンリーワンだから特別扱いされるの？」

「そうね、同時にナンバーワンでもあるわけだし。友達の一番は自分とは限らないでしょ。その子にはもっと親しい友達がいるのかもしれないし、もしかしたら友達だと思っているのは自分だけかもしれない。でも恋人同士ならとりあえずお互いの一番は自分って言える。……だから世間では恋人のほうが価値があるってことになってるんじゃないかしら」

「えー……。じゃあ小麦ちゃんがもし誰《だれ》かとつきあうことになったらわたしとは遊んでくれなくなる？」

「そもそも私とつきあうような物好きはいないから無用な心配しなくていいわよ」

「もー！」

「なんで怒ってるの……」

「小麦ちゃんはね、自分の魅力に無自覚すぎるんだよ！　外見ひとつとってもキリっとした美人さんなのにー」

「学校で一番可愛いって評されてる人がなにを言ってるんだか」

小麦ちゃんはわたしがお世辞とか冗談を言ってるって思ってるらしい。本当なのにな。小麦ちゃんに惹かれてる人なんていっぱいいるのに、いつだって孤高って感じなんだよね。

そのぶん、わたしと過ごしてくれる時間が多くなるから正直それはうれしいんだけど。

「わたしは誰かとつきあうことになっても小麦ちゃんとも遊ぶからね！」

「恋人優先でいいわよ、そこは」

「わたしの話聞いてた⁉　小麦ちゃんへの熱い気持ちが全然届いてないんですけどー！」

「はいはい」

「むー。小麦ちゃんは好きな人っていないの？」

「……そういう話、あんまりしたくないんだけど」

何度聞いても同じ答え。わたしは小麦ちゃんとそういう話をしてみたいのに。

「小麦ちゃんって恋愛に興味ない感じー？」

「桜子とお喋りしてるほうが楽しい感じー、よ。桜子はそうじゃないのかもしれないけど？」

「もー」

こうもはぐらかされると、なんとしてでも恋バナしたくなっちゃう。

でも、わたしが無理強いするのもなんか違う気がする。小麦ちゃんがトキメキ話題を自《みずか》ら振ってくるような、そういう関係性が理想だから。どうしたら小麦ちゃんはその気になってくれるんだろう。

喋《しゃべ》ってたらあっという間に学校に着いた。

小麦ちゃんに傘のお礼を言って、靴箱の扉に手をかける。

ふと。

なんでだろう、予感があった。これを開けたらなにかが決定的に変わってしまうような、そういう予感が。

扉を、開ける。

「あれ、なんだろこれ？」

「またラブレターかなにか？」

小麦ちゃんの視線が、わたしの手にした白い封筒に向いている。

「えー？　そんなしょっちゅうもらってるわけじゃ、……って、あっ！」

テープとかで閉じてなかったから、中身が滑り落ちちゃった。

白い便箋一枚。

よいしょ、と拾い上げて、ふと目に入ったその紙面には。

「え……？」

わたしへのラブなんかカケラも存在しない文字列が並んでいた。

え。ええと。なんだろう。なんのことを言ってるんだろう、これ。

さすがに混乱する。

どうするのが正解なのかな。

小麦ちゃんならどういう反応するの？

「あの、ごめん、ちょっとこれ見てもらえる？」

「は？　なんなのよ、この手紙……？」

小麦ちゃんの声は、緊張をはらんでいた。

差出人不明。

文面は不穏。

なにより、文字は手書きでもパソコンで打ったものでもない。

一文字一文字新聞なんかから切り抜かれてコラージュ的に組み合わせてある。

「……桜子、つきあってる人がいるの？」

小麦ちゃんの質問は、手紙の内容を踏まえてのものだ。

「え？　ううん。そんなのいたらとっくに小麦ちゃんに言ってるってば」

「じゃあ最近誰かから告白された？」

「二年になってからはまだないよ」

「それなら、……桜子、誰か好きな人がいるの？」

「えっと」

「いるのね？」

「……あのね」

わたしは、少し言《い》い淀《よど》んでから、ある男の子の名前を告げる。

その瞬間。

小麦ちゃんはよほど驚いたのか、大きく大きく目を見開いた――――。

第一部　三角関係失格

1

初めての恋人っていうのはすっごく特別なの。

八歳年上の俺《おれ》の姉ちゃんはよくそう言っていた。

姉ちゃんは大学生の頃、飲食店《ガールズバー》でバイトをしていた。

客に世辞を言うのも仕事のうち。

とはいえ、イケメンですね~とか適当に言ってりゃいいってもんでもない。

そんなもん卑屈なタイプには逆効果で、嘘《うそ》つけ!　ってむしろ心の扉に施錠されるだけ。

そういう場合、どこかをピンポイントで褒めるって手がある。

切れ長の一重が綺麗《きれい》。上腕二頭筋の形が素敵。長い指って惚《ほ》れ惚《ぼ》れしちゃう。

まるで本音を言っているようで、嘘臭さが格段に減るって寸法だ。

それでも対応できない場合のオールマイティな裏技が、これ。

WATASHI NO HOUGA
SAKI NI
SUKI DATTANODE.

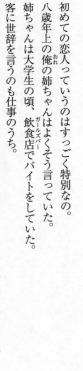

お客様《おにーさん》、私の初めての彼氏に似てますね。

――一気にまんざらでもないって顔になるからね。外見に直接言及してないのになぜか褒めた感があって、しかもあなたは唯一無二の価値ある人なんですす感も出るんだよ。どの女の子にドリンクねだられても絶対断る客から、これでドリンクもぎ取ったことあるの。

……そうなのか？

姉ちゃんの接客マニュアルの是非はどうでもいい。

問いたいのは、初めての恋人ってのは本当に多くの人にとってそんなに特別な響きを持つのかってことだ。

初めては一生に一度きりだから？

それとも、その後の恋愛の基準《アンカー》になるものだから？

はたまた、自分は他者に受け入れられたことのある人間だという証明書が発行されるから？

まあ理由はいろいろ考えられる。

逆に、初めての恋人なんて、ただの過去、ひとときの経験、顔も覚えてないくらいだってこともあるだろう、もちろん。

俺はといえば、もし客だったら姉ちゃんのカモだ。

つまり、初めての恋人ってのが、特別なものだと思っている。

その理由はといえば――――。

「あたし、胃が痛いから早く家に帰って横になりたいの」

「……わかった、引き継ぐ。楽しい放課後を」

放課後の二年三組の教室。

俺の返事を聞いて、クラスメイトの女子はきょとんとしていた。

当然だ、俺の返事は明らかに病人に対するものじゃない。

その女子は今日の日直だった。

担任に『これ報道部からの借りもんなんだが、部室に戻しておいてくれ』と大量のファイルを渡された彼女は、近くの席の俺にそのままパスしてきたのだ。

先ほどの台詞《せりふ》とともに苦悶《くもん》の表情で腹を押さえて。

「と、とにかくよろしくね、アイタタタ……」

変な奴《やつ》ぅ、という不審げな視線を俺に寄越《よこ》しながらも、女子は教室からそそくさと去っていった。

「なに押しつけられてんだよ、お人よしー」

「おっ、優しいな。そのお人よしを見かねて手伝ってくれるってことだろ?」

「ごめーん無理、オレのほうはたった今盲腸が爆発《ばくはつ》したから」

「大事件だろそれ」

うしろの席の男子とたわいもない会話をしつつ、さっきの女子の言い訳もこいつと同じくらい脈絡なかったなあ、と思う。しかもあのポンコツ演技で嘘がバレてないって思えるのがすごい。

やれやれ、と立ち上がり、なんとなく教室を見渡す。

出入り口付近の席で、少し緊張した面持ちの男子が、細身の女子に声をかけていた。

「加二釜《かにかま》さーん、俺らこのあとボウリング行くんだけど、一緒に行かない？」

「か、カラオケでもいいよ？」

「私、興味ないから」

「私、興味ないから」

「そ、そっかー、残念」

私が興味ないのはボウリングでもカラオケでもなくあなたなの、と言われているも同然の男子は、愛想笑いを保《たも》ちつつも肩を落としていた。

やっぱだめだったーと仲間の元に泣きつき、ドンマイと慰《なぐさ》められつつ教室を出ていく。

実のところ、すでに見慣れた光景だった。

しかもクラス替えから、わずかこの一週間のうちに、だ。

つい目を奪われるほどの美人である細身の女子には、短期間で男女問わず何人ものクラスメイトが声をかけた。

だが、今のような塩対応をされて、ものの見事に全員が撃沈。

もはや彼女と普通に話ができているのは、このクラスにはただ一人の女子のみ。

……にもかかわらず。

細身の女子がまっすぐに俺の席へと向かってきた。

長く綺麗な指を、俺の机に積んであるファイル――報道部の資料で、一人で運ぶにはちと苦労しそうなＡ４の分厚いもの数冊――に伸ばす。なんだなんだと見ていると、女子はファイルを半分抱え歩き出した。

「報道部まで持っていけばいいんでしょう?」

教室が少しざわついてるのを感じる。

そりゃそうなる。

目の前の女子が――加二釜小麦《こむぎ》が自分から積極的にクラスメイトの男子に絡《から》むところなんて、みんな初めて見たんだろうから。

「早く行きましょ」

「加二《かに》、ちょっと待てって！」

さっさと廊下に出ていく小麦のあとを追おうとしたところで、クラスメイトの男子たちに肩を摑《つか》まれた。痛いって。

「安芸《あげ》くん、加二って呼んだ今？」

「はー？　なんで加二釜さんが手伝ってくれんの⁉」

「アゲアゲかよ、安芸玄《げん》だからって」

いや名前いじってくんじゃねーよ。

「……幼なじみだからじゃないか？」

ストレートに真実を告げてみる。

「えっ、マジか」

「マジ」

「うっそつけお前、そんな素振り全っ然なかったじゃねえか……！」

でも事実なのだからしょうがない。

暗褐色《あんかっしょく》のさらさらのロングヘア。

表情に乏《とぼ》しいが人を射抜くような目が印象的な、端正な顔立ち。

スカートを覆《おお》うほどの丈の長いニットカーディガン。

その下から覗《のぞ》く目に毒なほっそりとした太もも。

なのに不思議と平均以上の大きさがありそうな胸。

いつでも背筋がピンと伸びている凛《りん》としたクール美人、つまり、近寄りがたくていかにもな高嶺の花である小麦は。

俺と小・中学校も一緒の幼なじみだ。

深掘りされたら面倒だ。俺は男子たちを振り切って廊下に逃げる。

教室から出る瞬間、視界の端にクラスの女子が映った。ひときわ目を引く、小麦とは別ベクトルで整った容姿の可愛らしい子。

ふと、目が合う。その瞬間、なぜだかその子は不安そうな顔をした。

なんだ？ と思いつつも、小麦に置いていかれないよう俺は足を速めた。


「そんで？」

「え？」

「加二、なんか相談とかそれ系の急ぎの話があるんじゃないのか？」

「…………なんで？」

小麦と並んで廊下を歩きながら問う。質問で返してくる時点で当たりなのだろう。

「加二は人と接することにあまり積極的じゃない。でも困ってるとこを見ればそれとなく助けてくれる。無意識かもしれないけど、俺みたいにある程度親しい相手には特にそういうところがある。だけど善行を見せびらかしたいわけでもない。だから運ぶの手伝うつもりなら俺がこのファイル抱えて一人で廊下に出たあたりで来るはずなんだよな、普通なら。教室で接触してくるあたり、ちょっと焦《あせ》るほどに俺に伝えたいことがあったのかなって」

「……」

「ちょちょちょ、蹴《け》るならせめてなんか言って」

小麦がつま先で俺のすねを軽く数度蹴ってきた。

まあただの照れ隠しのツッコミなので、まったく痛くはないけど。

身内に対するような小麦の遠慮ない態度に、少しにやついてしまう。

「なんなの？　そのなんでもお見通しですっていう得意げな顔は」

「マジか、さすが」

「なにがよ」

「今、なんでもお見通しですって顔をしてたつもりだったから。以心伝心ってやつだな」

小麦はものすごくつまらないジョークを聞いたときのような白けた顔をした。はあ、と大きく息を吐《は》く。

そこまで呆《あき》れなくていいだろ。

「人の性格勝手に分析するとか、相変わらず悪趣味」

「なんだ？　善人だって言われるのが恥ずかしいのか？　隠すことじゃないだろ別に」

「様子がいつもと違ったからとか適当に言えばいいのに」

「俺は嘘は好きじゃないんでね」

「嫌ってほど知ってる。安芸は昔から本当に空気読めない子だった……」

「お前にだけは絶対言われたくねえよ」

「私は安芸とは違うから。空気を読めないいんじゃないの。読まないだけよ」

「同じようなもんだろ」

「真実最高マンと一緒にされたくない」

「俺もそんなあだ名の奴とは一緒にされたくないんだよなあ……」

「ちょっと、どうしたの。顔が赤いわよ。私はいいあだ名だと思うわ、真実最高マン。ユーモアがあるわよ、真実最高マン。元気出して、真実最高マン」

「慰めちゃってんじゃゃん！　優しい嘘なんか嫌いだ……！」

的確に弱点を刺してくるあたり、なるほど、確かに小麦は空気が読めるのだ。

実際のところ、俺と小麦は違うってのは重々承知している。

小麦の言うとおりで、俺は空気が読めないいんだろう。

でも、俺がこういう性格になった原因は確実に小麦にある。

小三の頃の話だ。

その日、俺は帰りの会で吊《つ》るし上げを喰《く》らっていた。

――安芸くんが、掃除を、さぼっていました！　よくないことだと思います！　謝ってください！

続く、謝ってくださーいの大合唱。

クラスのボス的な女子となにかの拍子に喧嘩《けんか》した俺は、てんでデタラメな罪状を押しつけられていた。担任も友達もボスの味方で、孤立無援の状態だった。

そこへ。

『――安芸くんはきちんと掃除をしていました』

大声を出しているわけではないのに不思議とよく通る声。

まっすぐに手を挙げて、無表情で淡々と、俺の潔白を証言してくれたのは、小麦だった。

同調圧力に屈することなく、ただ真実を訴えるひたむきさ。

冗談抜きで、俺には小麦が輝いて見えた。

それはもう、きらっきらのぴっかぴかに。

あのときの小麦は、自分にとってすべきことを自然にしただけだったんだろう。

だけど、俺には一生忘れられない特別な出来事になった。

きっとみんなは小麦の上っ面しか見ていない。

クールで、素っ気なく、他人に興味のないマイペースな女の子だって思っているはずだ。

でも、俺は、知っている。

本物の小麦は、熱い正義感を内に秘めていて、理不尽に人が傷つくのが許せなくて、ときには自分の立場が不利になっても正々堂々物事に立ち向かう、すごく誠実な人間だってことを。

影響を受けやすい子供だった俺は、小麦に圧倒され、そして、憧《あこが》れた。

嘘を嫌悪し、真実こそ追い求めるべきものだという信念を持ってしまった。

だからある時期までは俺はガチで嘘をつくことをしなかった。

黙ってやり過ごすことすらせず、本気でなにもかもを口に出していたのだ。

たとえば小学校高学年の頃あたりの記憶で言うのなら。

プール見学の女子多くね？　ずりぃ、サボるなよー、とブーイングを飛ばす男子に、やめろよ、女子には生理っていうものがあってだな！　とばかでかい声で無神経に解説して、周囲をドン引きの渦に叩き込んでいた。

………我ながら相当やべえ奴だと思う。

数年経《た》っても笑い話にならないレベルのやらかしがいくつもある。

そんな俺につけられたあだ名こそ、真実最高マン。

もちろん、親しみを込められていたわけではなく、揶揄《やゆ》されていたのだ。

今となっては、思い出したくもない黒歴史。

「でも安芸、少しは空気を読めるようになってたのね……」

「え？」

「さっきあんたにこのファイル仕事を押しつけてきた女の子、あれ多分仮病でしょ？　前の安芸だったら今嘘をついただろって責めてたわ」

「ああ、まあ、そうだな」

「でしょ。……でも、騙《だま》されてあげたフリをするなら、『お大事に』とか言わない？　『楽しい放課後を』って言ってたでしょ。なんなのあれ」

「仮病の理由にふさわしい返事をしただけだ」

「理由って？」

「彼氏とデートの予定がある」

「……なんでそんなのわかるの？」

「五限の終わりにコテを取り出して髪をゆるく巻いていた。いつもは取れたまま帰る黒目の下のアイライナーも完璧《かんぺき》に引き直してた。休み時間、他校の彼氏らしき人物と電話していた」

「………………」

小麦が無言のまま数歩ぶん遠ざかった。

「ドン引いてんじゃねえよ」

「だって他人の化粧とかそこまで見る……？」

「俺は嘘が嫌いだから嘘を見破る能力が人よりちょっと発達してるのかもな？」

「そんな言い訳で帳消しにならない程度には気持ち悪いわよ？」

「うーわ、お前言ったな⁉　知らないのか⁉　真実は力だぞ⁉　時として人を傷つけるんだぞ⁉」

「……世紀の大発見みたいに当たり前のことを言わないでくれる？」

小麦はじとりと俺を見た。

「結局、嘘なのはわかってるって伝えずにいられなかったわけね。多少は空気読めるようになったと思ったけど、私の勘違いか。ごめんなさいね、安芸に期待するのが間違いだったのに……」

「その謝罪逆に傷つけるやつ！」

「もしかしてあんた、今でもトランプでダウトできなかったりするわけ？」

「やめろやめろ、四と言いつつ実は八だ！　とか宣言しながらカードを出してた俺の過去に触れるな」

「ゲーム、全然成立してなかったものね……」

幼なじみって恥部を熟知されているから厄介だ。

そのぶん俺だって小麦のことをいろいろ知ってるからおあいこか。

まあそれでも俺に比べたら、小麦には一点の曇りもないも同然なんだが。

「でも俺だって変わったんだよ。ちょっとは大人になった」

「へえ、そう」

「欺瞞《ぎまん》だらけの大人にさ」

「その枕詞《まくらことば》つけちゃうあたり、全然大人じゃないと思われる……」

「ぶふっ……、あっははは！　なんだよその他人事っぽいツッコミ。思われるて」

思わず吹き出した俺の顔を、じい、と小麦が凝視してくる。

「安芸のツボっていっつも謎《なぞ》。やっぱり全然変わってないじゃない。……ま、二年程度でそうそう人が変わるわけないか」

小麦がさらりと口にした二年という言葉に、どきりとしてしまった。

「あー、そういや、俺、お前がこの高校受けるの知らなかったんだよ。志望校一緒って知ったとき、本気でびっくりしたんだからな」

「こっちの台詞よ。あんた、去年も言ってたわね、それ」

「何回でも言っちゃうくらい驚いたんだって」

「親戚のおじさんみたい。同じ話を何回もするの」

「おい、前途ある若人《わこうど》を捕まえておじさんってお前」

「その言い方もおじさんなのよね……」

一年のときは小麦とは別クラスだった。廊下ですれ違えばちょっと会話くらいはしたけど、わざわざ絡みにはいかなかった。正直なところ、ある理由から、俺は小麦とは少し距離を置いていたのだ。

だからこうして長く話すのは久しぶりだった。

「今年同じクラスになったのも驚いたんだよな」

「そうなの？　全然顔に出てなかったじゃない」

「お前もだろ」

「……別に私は驚くとかないから。あ、こんなとこにいる……って思っただけで」

「その小さい羽虫に対する無関心みたいなのやめてくんない？」

「無関心っていうなら、うちのクラスの担任も相当よね」

「なんだよ？」

「日直に報道部までの運搬仕事を適当にやらせたことがよ。最初から部長の安芸を指名すればいいのに」

「まだ四月半ばだし、生徒の部活動まで覚えてないいんじゃないか」

相槌《あいづち》を打ってから、ふと疑問に思う。

「加二、俺が報道部の部長だってよく知ってたな？」

最近あまり話してなかったとはいえ幼なじみだし、実はそこまで無関心ってわけでもないのか？

小麦の表情が少し陰った……ような気がした。

「加二？」

「……先週、自分で言ってたじゃない」

「え？」

「クラスの自己紹介で」

「あ、ああ、そっか」

小麦が俺のことを気にしてくれていたのかと、つい自意識過剰になってしまった。

そんなわけないのに。

「ていうか、俺のことはいいんだって。加二、俺になんか用があるんじゃなかったのか？」

脱線しまくった話を元に戻した途端。

小麦はなぜか神妙な顔をして黙りこくってしまった。

そんなに言い出しにくいことなのか？

まあでもそうか。

小麦と俺は気の置けない間柄《あいだがら》ではあるが、互いに同じクラスになろうとも開いた距離を元に戻そうとしていなかった。クラスメイトが俺と小麦を幼なじみだと知らない程度にはかかわりが薄い。

なのに、今日はわざわざ手伝いを理由に声をかけてきたのだ。

よほどのことがあったのだろう。

「安芸、あのね」

しばらくして何かを決心したように小麦が口を開いたのと、部室の前まで足が辿《たど》りついたのは同時だった。

間の悪さに苦笑した。

「悪いけどその話、ファイル片付けてからでいいか」

「……そうね、片手間で話すことじゃないわ」

小麦は深くうなずいた。

2

報道部とは？

新聞部と写真部と放送部を融合《ゆうごう》したような部だと思ってもらえればいい。

真実の追求を理念として掲《かか》げている。

まさに嘘嫌いの俺のためにあつらえたかのような部活だ。

別にこの部活目当てでこの高校に来たわけじゃないけど。

入学後に勧誘されて初めて報道部の存在を知って、昼の番組制作とか新聞記事取材とか面白そうだなって興味を持ったら旧部長に引きずり込まれただけだ。

「……空き巣でも入った？」

部室に足を踏み入れ、中の惨状を見た小麦がぽつりとつぶやく。

室内には空の箱やらなんやらが乱雑に散らばっている。まるで引っ越し前のような景色。

「卒業した先輩たちの仕業《しわざ》だよ。春休みの間に自分の荷物とか持ち帰ろうとしてあちこちをひっくり返していったんだけど、まだ掃除が追いついてない」

「ああ、安芸、一人だものね」

そうなのだ。

俺はここの部長ではあるが、現在、ほかに部員はいないのだ。

『去年の三年生と二年生が揉《も》めて二年全員退部、この学年の部員は俺一人、つまり三年が卒業した今、部員は俺だけです。否応なく部長です。廃部の危機に直面してますが、なんだかんだと愛着のある部活なので、絶対に存続させたいです。入部希望者、随時募集中なのでよろしくお願いします！』

これは俺が先週した自己紹介の台詞なんだが、いまだに入部希望者はゼロだ。

「安芸、人望ないのね……」

「人来ないの俺のせいみたいな言い方やめてくんない……？　去年顧問の先生が生徒指導部長に変わって、そっからさっぱり人が寄りつかないんだよ」

「ああ……」

小麦から納得した声が返ってきた。

顧問はいささか潔癖《けっぺき》なところがあって、自分にも他人にも超絶厳しい人だ。普段は無口なくせに、口を開くときは重低音ボイスでの容赦《ようしゃ》ない叱責《しっせき》を飛ばしてくる。

生活態度を注意されて本気で小便を漏《も》らしそうになったという生徒は数知れず。

先生はごくたまに顔を出すくらいだけど、それでもビビって誰も近づいてこなくなってしまった。部活でまで生徒指導の教師と接したくないってのはわからんでもない。

「ま、いいわ。とりあえずこんな汚い場所で話したくないわね」

持っていたファイルを資料棚に収めた小麦は、黙々とそのまま周辺の整頓を始めた。

「加二」

「なによ」

「それはつまりここの片付けまで手伝ってくれるってことか。しかも、今、俺が気を使わないようにわざと悪態をついたってことだな?」

「……だからそういうのいちいち細かく説明しないでくれる?」

「あはは、すまん、俺に真実を見抜く能力があるばかりに」

「うっさいわね」

照れ隠しのような言葉を吐きながら、小麦はロッカーの上に手を伸ばした。

天板の上には大きな段ボール。書類を放り込むためのそれを下ろそうと小麦がつま先立ちになり、俺が手伝おうと近寄って——その瞬間。

ずるり。

「——えっ?」

「あぶねえ!」

体勢を崩した小麦の体が後ろに傾いていく。

床に落ちていた紙を踏んで足を滑らせたのだ。

とっさに手を出した俺は、小麦の背中を胸で支えるかたちでロッカーに両手をつく。

「セーフ……おい、大丈夫か、怪我《けが》とか……！」

「……ええ、平気」

「そっか……、よかった」

なんとか平静を装っているものの俺は内心慌てふためいていた。

多感な年頃《としごろ》、こんな変形壁ドンに無感情でいろってほうが無理だろ。

小麦の体のぬくもりがじわじわと伝わってくる。

髪の毛からやたらいい匂《にお》いがする。

一刻も早く離れなければならないのに、体が言うことを聞かない。

「……安芸、背、伸びた？」

「そ、そりゃ成長期真っ最中だからな。てかいつと比べてるんだよ」

「中二」

だろうな。

聞いた俺がばかだった。

なぜなら、この距離感が俺たちの間に存在していたのは、その時期のほんの三か月だけだったからだ。

俺と小麦は幼なじみというだけじゃない。
つきあっていたのだ。
加二釜小麦は、俺の人生で初めての恋人で、人生で唯一の元カノだ。
恋人関係のときは小麦と呼んでいた。
今はもうそんなふうには呼べないけど。
告白をしてきたのは小麦からだった。
別れを切り出してきたのも小麦からだ。
別れ自体は円満だった。
友達同士のほうが楽しかった、という意見で双方一致したのだ。
「……ねえ、安芸」
小麦は俺の腕の中で身じろぎして体を反転させる。
一般的なサイズよりやや大きめと思《おぼ》しき胸部が、俺の体に当たる。
見上げてくる真剣な瞳《ひとみ》に、思わず俺は喉《のど》を鳴らしてしまう。
「安芸に、聞いてほしいことがあるんだけど」
掃除も終わっていないのに、なぜこのタイミングで？
俺の勘違いでなければ、今、ちょっといい雰囲気になっちゃってるからか？
「あの、ね……。安芸は、彼女、とか、欲しいって思わない？」

「え？」

「今、つきあってる人いるの？」

「いや、いないけど……」

「そう」

よかった、と、あからさまにほっとして。

いつもはほとんど変化のない小麦の表情が、ふわりと緩む。

俺の心臓がひときわ強く跳ねる。

は？

なんなんだ、その質問。

え、マジか？

まさかとは思うけど、よりを戻したい、とかそういう類《たぐい》の打診か？

「実はね」

「お、おう」

「安芸に紹介したい女の子がいるんだけど」

……。

………。

…………は？

予想外すぎて硬直してしまった。

いや、だって、それは、――困る。

3

「昨日、紹介したいって言ってた子よ」

放課後の報道部の部室に、小麦が女子と連れ立ってやってきた。

二人は、長机を挟んで俺の向かいに座っている。

「こ、小麦ちゃん……、あの、心配しすぎじゃ……？」

おろおろしているその女子は、俺のクラスメイトでもある。

「そんなことないわ。さっき説明したでしょ」

「で、でもここまでしてくれなくても大丈夫かなって」

女子の不安げな表情は、ちょうど昨日見たばかりだ。

そう、俺が小麦を追いかけて教室から出ていくときに、目が合った可愛らしい女子。

てっきり小麦と示し合わせてここに来たのかと思ったけど、話を聞いていると小麦がやや強引にこの女子を連れてきただけのようだ。

「うう……」

女子は小さくうなりながら、うつむいて両手で顔を覆っている。しばらくして顔を上げたその女の子は、一度深呼吸し、うん！　となにか自分を鼓舞してから、俺をまっすぐに見据えてきた。

「あの、わたし、鳩尾桜子《はとびさくらこ》です」

「知ってるよ。鳩尾さん、同じクラスだしさ」

「え、そうなの？　知ってくれてた？　全然絡んでないから認識されてないかと思った！　えへへ、うれしいなあ」

思わずと言った具合に立ちあがった鳩尾さんの、パッ！　としたまばゆい笑顔。

圧倒的な光すぎてうっかり自分の身が消滅するかと思った。

鳩尾桜子。

黒髪のミディアムボブ。

瞬きのたびに音がしそうな長いまつげ。

どこか猫を思わせる大きな目。

でもツンとしているわけではなくて、表情豊かで、基本ににこしていて、人懐《ひとなつ》っこい雰囲気の持ち主だ。

ためしに、そのへんを歩いている生徒を適当に捕まえて、鳩尾さんについて聞いてみるといい。こんな感じの答えが返ってくるはずだ。

『めっちゃ可愛いよね！　スタイルもいいし！　声とかも可愛くてマジでアイドルかなんかかと思ったもん』

『成績よくて、運動神経もキレキレ。しかも気取らない性格で。天、二物与えすぎ問題。前世でどんな徳積んだんだろ……』

『オレはもはや鳩尾さんを静脈に打ちたい』『点滴かって』『いやでもわかる、俺、鳩尾さん見てたら眼精疲労治ったもん』『ブルーベリーかって』『鳩尾さんがこの教室の床を踏んでると思うとガチで床舐《な》めたいよね』『それはない』『それはキメェ』

最後のアホな会話は、実際にクラスの男子たちが交わしていたものだ。

才色兼備で天真爛漫《てんしんらんまん》。文武両道で引く手あまたの人気者。

一部界隈ではなにやら鳩尾さんは大天使と呼ばれていると聞く。

いや大天使て。

お嬢様女子高とかならまだしも、うちみたいな地方都市の取り立てて変わったところのない進学校で大天使て。俺の真実最高マンと同種の匂いがするあだ名のような気がしないでもないんだが、詳しいことはよくわからない。

とにもかくにも、鳩尾さんはモテてモテてしょうがないはずだ。だからこそ、なぜ俺に紹介なんて話が出てくるのかさっぱりわからない。なにか別の思惑があるのか？

「とりあえず、二人って仲がいい、んだよな？」

俺は小麦に確認する。

「休み時間とかよく一緒にいるし、教室の移動とかも一緒だし。そもそも加二が下の名前で人を呼ぶこと自体すごく珍しいだろ。お前が笑顔で話してる相手なんてめったにいないしさ。ていうか、去年も二人同じクラスだったよな。お前と話してるときとか、大体鳩尾さんが一緒だったぞ」

そうだ、覚えている。小麦のそばにはいつも鳩尾さんがいた。小麦を間に挟んで、俺と鳩尾さんは顔見知りだった。

「なによりさ、鳩尾さんが髪につけてるピンと、加二が胸ポケットに挟んでるピン、同じものだろ？　その二等辺三角形のやつ。おそろいのものを身につけるって、相当仲よくないとやらないだろ」

特に小麦は、義理でそんなこと絶対やらない。

「安芸……」

小麦が少し驚いた顔をしている。

し、しまった！

調子に乗って余計なことまでしゃべりすぎたか？

「あんた、桜子のことすごく見てるのね？」

見当違いな言葉に、思わず脱力する。小麦はちっともわかっていない。

違うんだ。俺がいつもこっそりと目で追っていたのは、小麦なんだ。

俺は――加二釜小麦が今でも好きなのだ。

『初めての恋人』が俺にとって特別な理由は、まだ俺の中では終わっていないからだ。

なにもかもが、終わっていない。

初めての、そして、かつての恋人に現在進行形で恋心を抱いている。

別れたときはこんな気持ちになるなんて思ってなかった。

こんなのを小麦が知ったらどうなるか。

『は？　もしかしてヨリを戻したいとか言うつもりなの？　一回俺のこと好きになった女はいつまでも俺のこと忘れずにいるはずだって？　何様……？　恋心は上書き保存じゃなくて名前をつけて保存とかってよく言われてるキモい理論？　引くんだけど』

想像だけで泣く。いや、さすがにこんなことは言われないだろうけど。

友達関係のほうがよかったって別れたのに、今さら掌を返して、『実は好きなんだ』とか言えるわけがない。

俺の手遅れな恋心は封印するしかないのだ。

そうは言っても、小麦から直々に女の子を紹介されるっていうのは辛い。

わかってはいたけど、掛け値《かね》なしに脈なしってことだ。

「そうだったのね、安芸、桜子のことを……。意外と今回のことはタイミングがよかったのかもしれないわ」

「いや、加二、それは誤解っていうかなんていうか」

「安芸くんってばさすがだね！」

小麦への弁解を、にこにこ顔の鳩尾さんに遮《さえぎ》られた。

「な、なにが？」

「えーとね、さすが報道部っていうのかな、安芸くんの観察力すごいなーって。ピンのこととかよく気付いたね？　そーなの、わたしと小麦ちゃんって仲良しなんだー」

「多分、それはクラスメイト全員わかってると思うよ。この言い方で合ってるかわからないけど、お似合いみたいな」

クール系とキュート系、ジャンル違いの可愛い子がいつも二人一緒にいるなんて目立つんだから、嫌でも親しいんだろうなと気付く。

「わー、どうしよ、小麦ちゃん。照れちゃうねー？」

鳩尾さんが小麦の頰を人差し指でつんつんしている。

しばらくされるがままだった小麦は、ぷくーと思い切り頰を膨らませて抵抗しだした。

なにそれ可愛い！　と鳩尾さんはけらけら笑っている。

仲良しってレベルじゃない、めちゃくちゃいちゃついてる……。

驚いた。二人は俺が思っていたよりもずっと親密な関係らしい。

「俺、加二がそういうふうにふざけてるの、今まであんまり見たことないかも」

「えっ、ホント？　幼なじみ同士なのに？」

「幼なじみなんてそんなもんだよ」

鳩尾さんは『元恋人同士』ではなく『幼なじみ同士』と確認してきた。小麦は俺とつきあっていたと鳩尾さんに伝えていないってことだ。

そもそもつきあっていた当時も誰にも口外していなかった。

俺と小麦の恋愛は、お互い以外にそのことを知る者が誰もいない。

第三者が観測不能な事実は、俺と小麦が口をつぐんでしまえば、存在しないのと同じ。なんだか寂《さび》しい。

「でもいいなあ、幼なじみって憧れるよー」

「そうかしら。幼なじみって響き、こっ恥ずかしいわよ」

小麦が拗《す》ねたようにそっぽを向いた。

「いいじゃーん。特別って感じする！」

「夢を見すぎよ。単に小さい頃からの友達ってだけ」

「そんなことないって！　絆《きずな》があるっていうか、大事にしたほうがいい関係だよ」

ねー、と鳩尾さんに同意を求められたので、「まあ、幼なじみって後から作れる関係でもないからね」と曖昧《あいまい》に答えておいた。

鳩尾さんは満足そうにうなずいたあと、でも、と続ける。

「わたし、安芸くんと比べたら小麦ちゃんと知り合ってからの時間は全然短いけど、仲良し対決なら負けないからね！　大事なのは密度だよ、安芸くん？」

「いや、張り合われても」

「ふふーん、これ見て」

「……クマ？」

鳩尾さんはリュックのＤ環部分を見せつけてきた。そこにはクマのキーホルダーがぶらさがっている。

「こないだ一緒にゲームセンターに行ってね、欲しくて粘ったんだけど全然取れなくて。そしたら小麦ちゃんがゲットしてくれたの！　もー、すっごいうれしかったんだー」

「大げさね」

「しかも小麦ちゃんね、わたしが諦《あきら》めて休憩してる間に取っててくれたんだよ？　戻ったら、欲しかったんでしょってサラっとプレゼントしてくれて！」

「たまたま取れただけよ」

「もー、だからそういうとこだぞ」

「だからなにがよ」

放課後も一緒なんて、小麦のやつ、鳩尾さんのこと相当居心地がいいと思ってるんだな。

……にしても。

「鳩尾さんは、趣味が、その、なんというか、面白いね？」

「なんでー!?」

「このクマ鮭《さけ》くわえてるし、ごっつい木彫りのリアルグマだし……、ワイルドすぎる造形っていうか……」

「可愛いでしょ！　血湧き肉躍るよね！」

「かわ……？　絶対襲ってくるタイプのクマだよ？」

「もー、なんでこの可愛さがわかんないかなー。あ、そうだ、襲ってくるクマっていえば、この間見た映画でなんか変なジョークがあってね！」

ぽんぽん話題が飛ぶなあ。

それでもものすごく話しやすい人ではある。

こう、こちらを身構えさせないというか、自然に相手の心を開かせるところが大天使たるゆえんなのだろうか？　少なくとも、そのあだ名に揶揄の意図はなさそうだ。

「あのね、森を歩いてたらクマに出会っちゃった二人がいてね」

「うん？　なんの話？」

「クマのジョーク！」

「ああ」

「二人のうちの一人が靴を履《は》きかえたの。走るのに特化した機能的な靴にね。もう一人が『そんなことしたってクマからは逃げられるわけないでしょ！』ってツッコむんだけど、こう返されるの」

鳩尾さんは一拍置く。

「『クマから逃げる必要はない。私はあなたを追い越すだけでいいんだから』って」

「ブラックな笑いだなあ……」

あなたが食われてる隙《すき》に私は逃げるから、ってことだ。

「ひっどいよねー！　もし小麦ちゃんと一緒にいるときにクマと出会ったら、わたしだったら絶対一緒に立ち向かうと思う！」

「鳩尾さん、それ、共倒れになるよ」

「心意気の話だから！　ねーねー、小麦ちゃんは？　わたしと一緒にいるときにクマが出たらさ——」

「ごめんなさい、私、そろそろ行くわ」

小麦はスマホの時計を見つつ立ち上がった。

小麦が俺に鳩尾さんを紹介するためだけにここに来た——という事実に改めて暗い気分になる。

「えっ、小麦ちゃん、もう帰っちゃうの？」

「……ええ、私、行かないと」

鳩尾さんに答えているというより、小麦は自分に言い聞かせているように見えた。鳩尾さんの寂しそうな顔に負けまいと頑張っているのか？

「このあとバイトだからね」

「へー、加二、バイトしてルのかー」

「そうよ」

若干棒読みになりながらも、俺は初耳を装った。

小麦は高校生になったのを機にカフェでバイトを始めている。

と、俺が知っていることをきっと小麦は知らない。

本人から聞いたわけじゃないのだ。

あくまでも母ちゃんのご近所ネットワークの産物。

俺の母ちゃんが小麦の母親との井戸端会議で、勝手に情報を仕入れてきただけだ。ストーキングしたいわけじゃないんだが、家が近い幼なじみはこういうところが厄介だよな。

「あとはお若い人たちだけでごゆっくりどうぞ」

「あはは、テンプレだあ。また明日ね！」

「じゃあ安芸、くれぐれも桜子のことをよろしくね」

「あの、加二」

「安芸くん、ごめんね」

「え、え？　なにが？　鳩尾さん」

「いきなり押しかけてきちゃって、しかもぺらぺら関係ないことばっか喋ってて。迷惑だったよね……？」

鳩尾さんの眉尻《まゆじり》が申し訳なさそうに、へにょん、と、下がった。

なぜか悪いことをした気分になり、俺は慌ててフォローの言葉を探す。

「ええと、とりあえず今、報道部は開店休業状態だから全然大丈夫だよ」

「ホント？　優しいなー、安芸くん」

俺と鳩尾さんのやりとりを見ていた小麦は、万事問題ないと判断したようだ。詰めていたしい息を、ほう、と、吐き出しながら部室を出ていった。

紹介でもなんでも、人と人を繋ぐ行為って結構なプレッシャーがかかるものなのかもな。

「報道部って安芸くんが部長で、今一人しかいないんだっけ？　いつまでに何人部員集めないと廃部とかタイムリミット的なのってあるの？」

「明確に生徒会からなにか言われたわけじゃないけど、秋口の予算会議までに俺を含めてせめて三人は部員確保したいところかなあ」

「そっか、集まるといいねー？」

「今のところアテはないいんだけどね」

「わたしにできることがあったら言ってね」

「それはありがたい申し出だけど……」

あれ？

もしかして、小麦が言う『紹介』って、鳩尾さんが入部希望ってことか？

なんだ、なんだ、そうか。

いきなり気分が上を向く。

勘違いしてた。てっきり彼女候補を紹介されていたのかと。

ん？　でもじゃあなんで小麦は俺に今つきあっている人がいるかなんて聞いてきたんだ？

とりあえず鳩尾さんに詳しく事情を聞こうとした矢先。

「でね、安芸くん、ちょっと見てほしいものがあるんだけど」

鳩尾さんが俺の前にリュックから取り出した封筒を差し出した。

封もされていないシンプルな白い封筒。

「中を見てもいい？」

「もちろん」

中身は白地の便箋だ。二つに折りたたまれていたそれを広げる。

瞬間。

「………うっわ!?」

「びっくりした？」

「し、した」

「うん、だよねえ。小麦ちゃんはこれ見たとき固まっちゃってたよ。なんか怖いし、意味わかんないよね」

「これ、脅迫状……？」

「ぽいよね？」

真っ白な紙に、雑誌かなにかから切り抜いたばらばらのサイズの印刷文字が貼《は》りつけられている。

書いてある文言はこうだ。


――私のほうが先に好きだったのに。――


「なんかね、昨日、わたしの靴箱開けたらこれがあってね……」

「手が込んでるね」

「うん。いたずらかなーとも思ったんだけど、だとしたら、わざわざこんなちまちました作業するかな？　って感じだし」

「私のほうが先に好きだったのに、か。差出人に心当たりは？」

「うーん……?」

「――って鳩尾さんが周囲の人間に対して疑心暗鬼になるよう仕向けて、鳩尾さんを孤立させたいのかもしれないけど」

「えっ、あっ? あー、……なるほど! 手紙でなにか訴えてきてるわけじゃなくて、わたしを心理的に追い詰めるの自体が狙《ねら》いってこと!? さっすが報道部! 着眼点がすごいよ、安芸くん!」

鳩尾さんは興奮したように頬を上気させている。

褒められて悪い気はしないけど、報道部の活動内容に探偵とかって業務はないんだけどな。

「いや、わからないよ、本当に鳩尾さんに思うところのある人が出してきたのかもしれないし。ていうか、文面のビジュアルから脅迫状って言っちゃったけど、脅迫ってよりなんか逆恨みされてる感じだよね。鳩尾さん、モテる人とつきあってるの?」

「それ、小麦ちゃんにも同じようなこと聞かれたよ。最近、告白されたかとかね。でも、思い当たるものが本当になくって」

「そうか……」

ん、と鳩尾さんはうなずき、俺が返した手紙をリュックにしまい直す。

「それ、差出人のこと気になるよね」

未知とか、不定形とか、得体の知れないものは、怖い。

正体不明のままでは対策も打てなくて、悪い想像がどこまでも広がっていくからだ。

そう、敵は己《おのれ》の頭の中にある。

正しく怖がるためには、信頼を置ける情報が必要なのだ。

「うちの顧問に相談しておこうか？」

「え、先生に？」

「そう、報道部の顧問って生徒指導部長だから。全校生徒から怖がられてるし、これ以上ない抑止力になると思うんだよね」

「うー……」

鳩尾さんは浮かない顔をしている。

「そこまで大事《おおごと》にしてほしくないっていうか、先生から、痴情のもつれ？　っていうの？　みたいに思われるのも嫌だし」

「じゃあ相談はやめようか」

「うん」

鳩尾さんが言っていたように手紙自体いたずらの可能性もある。

でも、用心するに越したことはない。対策せずになにか被害を出すより、対策をしてなにも起こらず拍子抜けするほうがいい。俺はそう思うが、鳩尾さんが事を荒立てたくないというのなら、無理強いすることはできない。

「わたし、こういう悪口？　みたいなの書いてる手紙ってたまにだけどもらうことあるし、そこまで心配しなくても大丈夫だろうなって思うんだけど」

「……」

鳩尾さんは人気者だ。

だが、どんな人気者だろうが万人に好かれるのは不可能だ。

大勢の人に好かれているという事実自体を嫌う奴もいる。

むしろ人より大いに好かれる分だけ、妬《ねた》み僻《ひが》み嫉《そね》みやっかみの対象になりやすいと言えよう。

優れすぎた部分っていうのはときにハンディキャップになる。

鳩尾さんは恋愛沙汰での逆恨みに限らず、思いもよらない反感を買うことがあるのだろう。

なのにあまりにもけろりとしてるもんだから、俺のほうがなぜか心細さを覚えた。

俺でなにか役立てることがあればいいんだけど。

ああ、小麦もそう思ったのか？

きっと、小麦のことだから、鳩尾さんにこんな手紙を送ってきた相手のことを許せなかったに違いない。もしかしたら、自ら差出人の正体を暴《あば》こうとしたのかもしれない。

だけどきっと鳩尾さんからそんな危険なことはやめてとか懇願《こんがん》されて、それで。

「加二はこの手紙の差出人を捕まえてほしくて報道部部長としての俺のところに鳩尾さんを連れてきたってことか」

別に報道部は探偵でも警察でもないのだが、はたから見たら情報の宝庫ではあろう。なにか差出人に繋《つな》がるものを見つけられると俺に託したのか。

「うーん、えっとね、捕まえてっていうか……」

「違うの？」

「もちろん、捕まえてくれたら安心できるけど、それはあんまり関係ないっていうか……」

歯切れが悪い。

鳩尾さんはなぜか照れたような顔をしている。

「あの、小麦ちゃんがね、今日の放課後になって、報道部に行こうって誘ってきて……。私は別にいいって言ったんだけど。でも、手紙の差出人に逆恨みとかでなにかされるかもってすごく心配してくれてて」

「うん」

「ええと、わたしね、好きな人がいるんだけどね」

「うん？」

「この手紙を貰《もら》うまでそれが誰かなんて誰にも言ったことないの。小麦ちゃんにも今回聞かれて初めて言ったんだよ。普段一緒にいるわけでもないし、全然接点ないから、誰もわたしがその人のことを好きって知らないと思う」

「じゃあ、なんで『私のほうが先に好きだったのに』なんだ？　差出人は、鳩尾さんと同じ人を好きになって、しかも自分が敗れたからこういう手紙を送ってきたんじゃないのか……？」

「小麦ちゃんが言うにはね、『手紙の差出人は、桜子の好きな男子を勘違いしてるんじゃないかしら？』って」

「つまり差出人の好きな人と、鳩尾さんの好きな人は別人だってことを、差出人はわかってないってことか？　ややこしいな」

「そう。だから、わたしが好きな人のそばにいれば、差出人は自分の勘違いに気付くんじゃないかって。えと、つまり、わたしが好きな人と仲良くなることが、わたし自分の身を守ることにもなるっていうのが小麦ちゃんの考え」

「そうなる……かなあ？」

考え方としてなんだか極端じゃないか？

いや、でも、差出人を捕まえるより、勘違いに気付かせてフェードアウトさせるという、平和的解決ではある。ラブアンドピース。

そうか、小麦は鳩尾さんの身の安全を第一に考えたってことか。

前言撤回、さすが小麦。

「あの……伝わってる？」

鳩尾さんはおずおずと俺の様子をうかがっている。

「え、なにが？」

「わたしの好きな人が誰かってこと」

「ん？」

ちょいちょいと鳩尾さんの手招きに呼ばれるがまま、机に身を乗り出す。

鳩尾さんは、あのね、と、内緒話をするときのように両手を口に添えた。

「わたし、安芸くんのことが好きなんだよ」

上目遣《うわめづか》いで、俺だけに聞こえる程度の囁《ささや》き声での告白。

……。

…………。

「おーい、安芸くーん」

「えっ、なにがっ、なんでっ、ハアッ⁉」

遅れてやってきた衝撃に椅子ごと倒れそうになった。

なんとかこらえて体勢を元に戻す。

鳩尾さんは、うひひ、言っちゃったあ、と、いたずらが成功した子どものような顔で笑っている。

「もしかして、今のはジョークってこと？」

「あー、冗談にして流そうとしてるの？　傷ついちゃうなあ」

「いや、そういうつもりじゃなくて、……でも、だって、今日までろくに話したことすらないよね⁉」

「乙女心ってそういうものじゃないかな？」

「どういうことかな⁉　俺は一目惚れされるような外見じゃないし！」

「えー、安芸くんかっこいいのにー。眼鏡もイカすし！」

格好いいとか本気で言っているのなら趣味が悪い。しかもイカすて。このアンダーリムの銀縁眼鏡、俺は気に入っているが、『そのタイプのフレーム選ぶ人って癖強くない？』と先輩とかにいじられてきた代物だぞ。って、そんな話はどうでもよくて。

他人から見て取るに足らないことでも、当人にしてみれば恋に落ちるに十分な理由だった、そういうことはあるだろう。

実際、人を好きになるのに、ドラマのような劇的なきっかけは必要ない。

昨年、報道部が恋愛にかんするアンケートを取ったが、じわじわとある日気付いたらもう好きになっていた、というパターンのほうがむしろ多数派だったように思う。

自分でも気付かないほどの日々の変化、日常の積み重ね。

だから鳩尾さんがなぜかひっそり俺を見つめ続けたあげく、俺に恋をしたとしても不思議ではない。

とか思えるほど、俺は自惚れ野郎ではない。

「あのさ」

「なあに？」

「鳩尾さん、好きな人を聞かれて適当に俺の名前言っただけじゃないの？　俺、名前……って
いうかフルネームが言いにくいとか変ってよく言われるから、なんか印象に残ってたとかでさ。

そしたらそれを加二が真に受けてここまで連れてこられちゃったとか――」

「好き」

まっすぐな声に、思わず、息を止めた。

頭の中でこねくり回していた疑いが、なにもかもが吹っ飛んでいく。

「もちろん、手紙のことがあったから報道部に来ることになったんだよ？　元々言うつもりな
んかなかったし。けど、でも、嘘の告白をしたわけじゃないよ。……なんかわたし、まぎらわ
しいことしちゃったのかもしれないけど、それなら謝るけど、でもわたしが安芸くんのことを
好きだっていうのは本当なの」

向かいにいた鳩尾さんが立ち上がり、ゆっくりと俺に近づいてきた。

静かに俺の隣のパイプ椅子に腰かけ、俺の顔を覗き込んでくる。

「安芸くん。……わたしの気持ち、嘘だと思ってる？」

不思議だ、鳩尾さんの声は小さく囁《ささや》くようなものなのに、いや、だからこそか、やけに鼓

膜に響く。

「どうしたら信じてくれるかな？」

鳩尾さんの瞳は真摯《しんし》で、そして、うっすらと濡《ぬ》れていた。

瞬間、とてつもない後悔と罪悪感が俺を襲う。

鳩尾さんの気持ちを否定する権利なんて俺にはない。

いや、誰にもない。

なのに、俺は今、鳩尾さんの恋心を踏みにじって、傷つけたのだ。

最低じゃないかよ！

「……鳩尾さんの気持ちを疑ってごめん」

俺は体を鳩尾さんのほうへ向けた。

まったく、報道部部長が聞いて呆れる。第四の権力《ジャーナリズム》は中立のプロフェッショナルであるべきなのに私情で目が曇ってしまった。

報道する人間は透明な目撃者で、その体はカメラだ。評論家じゃないんだ。鳩尾さんを見ろ。

ありのままを、見ろ。

彼女の気持ちは真実だ。

「……うん。あのね、ホントに、本気だからね」

俺の制服の袖口《そでぐち》を、鳩尾さんがすがるようにそっと握る。

「わたしと、おつきあいしてください」

少し震える声。

やや緊張してこわばった微笑み。

繊細な想いを無防備に差し出される。

それなら俺だって嘘をつけない、いや、つきたくない。

きちんと誠意を持って返したい。

俺は深く深く深呼吸をして、伝えた。

「ごめん。俺、好きな人がいるんだ」

真実を。

「……そ、っかあ」

鳩尾さんはゆるゆると俺から手を離した。眉尻を下げて小さく笑ったあと、そのままうつむいてしまう。

いいなあその子、とぽつりと鳩尾さんがつぶやいた。

「……つきあってる子、じゃないんだ?」

「片思いだよ」

「安芸くんなら絶対うまくいくよ」

「それはないだろうけど」

「なんで?」

「もう別れたのに今さらどの面下げて……、あっ、いや、その」

しまった。うかつすぎた。

鳩尾さんの気持ちをまっすぐに受け止めたかった、嘘をついてごまかしたくなかった、そればかり考えていて口が滑ってしまった!

でも後悔したところでどうにもならない。

「あの、安芸くん、もしかして、好きな人って元恋人ってこと?」

一度口に出したことはもう取り消せない。

うん、と、俺はぎくしゃく肯定する。

「そうなんだ、安芸くん、つきあってた子がいたんだ。知らなかったな。小麦ちゃんもそんなこと言ってなかったよ」

鳩尾さんはしゅんとうなだれてしまった。

小麦は鳩尾さんのこういう顔を見たくなかったのだろう。

だから俺との過去の関係を教えなかったのだ。

元カノがいるというだけでショックを受けるような鳩尾さんに向かって、その元カノが自分ですなんて誰が言える?

小麦は誠実で、親友に隠し事なんかしたくないはずで、でも鳩尾さんが大事で、全力で恋を応援したくて、だから、伝えるべき情報を選んだ。

報道に情報整理者《ゲートキーパー》がつきものなように、情報というものは取捨選択される。事実と呼ばれるものは、語り手自身がどう整えるかによって変形するとも言えよう。

小麦らしいと言うべきか。俺は小麦が鳩尾さんへの友情のために用意した事実を尊重したい。

だからこそ、俺が小麦のことをまだ好きだなんて鳩尾さんに認識されるわけにはいかない。

小麦の気持ちが台無しだ。さらに言えば、鳩尾さん経由で小麦に俺の気持ちが伝わってしまう危険性だってある。

「は、鳩尾さん！　俺の好きな人とか元カノとかのことは加二に言わないでほしい！」

「安芸くん、なんでそんな勢いよく、……あ」

はっ！　となにかに気付いたように鳩尾さんが両手で口を覆う。

「安芸くん、さては……！」

口止めに必死になりすぎたのがあだとなったか。

俺の好きな人が小麦だってバレた……⁉

「幼なじみみたいな関係だと近すぎて恋愛の話が恥ずかしいってやつかな？　まあそういうもんだよね」

違うよ！

口止めしたのは小麦が当事者だからだよ！

いや、でも、都合よく解釈してくれて助かった。

「つきあってたのっていつのこと？　なんで別れちゃったの？」

「あー……」

「あ、ごめん、踏み込みすぎだよね。答えなくていいよ、わたしが聞くことでもないもんね。安芸くんは、その子のことが、まだ、好き、……なんだよね」

「そうだよ」

もう取り繕ってもしょうがない。

半ばやけになって俺は答えた。

「でも相手の人はもう安芸くんに対してまったくその気がないの？」

「……そうだよ」

人の口から今の状況を聞くと、より鮮明に現実を突きつけられて、心をひねりつぶされている気分になるな。

「ふうん。──それじゃあさっ！」

鳩尾さんの顔がぱっと輝く。

さっきまでのしんみりとした雰囲気はどこへやら、俺は思わずのけぞった。

「わたしを利用するってのはどうすか？」

「………ん？」

「いや、言ってる意味がわからない……」

鳩尾さんはにんまりと唇の端を持ち上げた。

「元カノさんに未練があるけど、望みはないんだよね？」

「……うん」

「わたしのことは嫌いってわけじゃないんだよね？」

「嫌いもなにも鳩尾さんのこと、よく知らないよ」

「じゃあわたしにもワンチャンあるってことだー？」

「ワンチャン……？」

一瞬うちの飼い犬が脳裏《のうり》に浮かんだが、絶対違う。……ワンチャンス？

つまりね！　と鳩尾さんは意気込んだ。

「失恋を癒《いや》すには新しい恋とかよく言うし、その元カノさんを忘れるためにわたしを都合よく使ってみてはどうかなっていうご提案？」

「は……？」

なに言ってんだ……？　と、虚無に包まれた。

どこの世界にそんな提案を自分から言い出す人がいるんだよ。目の前！

「嫌だよ。心が痛むよ、そんなの」

「どうすか？」

「あー、安芸くん、わたしのこともっと知ってくれないかな。意識してもらわなきゃなー、そこからなのに、先走っちゃった」

「聞いてる?」

「脅迫状カッコカリのこともあるからね。小麦ちゃんが言ってたみたいに、手紙の差出人にも伝わるくらいに安芸くんと仲を深めなきゃ」

カッコカリ? ああ、『(仮)』か。

そんな軽いノリで取り扱っていいもんじゃないだろ、あの手紙。

「いや、そりゃ、俺も役に立てればいいなとは思うし、報道部の備品とか使って差出人を探す手助けとかはできるかもしれないけど、仲を深めるとかそういうのは」

「まいったなー。やー、これ、安芸くんのそばにいるうちに絆深まっちゃうやつじゃないかな。あ、いいこと思いついちゃった!」

「……まさかとは思うけど」

「わたし、報道部に入部しよっかなー?」

うぐ、と言葉に詰まる。とっさに却下できなかった。

部員が足りてないのは事実で、その弱みを的確に突いてきた。

「手紙の問題も解決するでしょ。報道部に部員も増えて廃部回避に近づくでしょ。ほらあ、一石二鳥だよ! あっ、安芸くんのそばにいられてわたしがうれしいから三鳥だね! めちゃめちゃ撃ち落とすじゃん！　このラブハンター！」

「……い、いや！　いくら部員が必要とはいえ、不純な動機での入部はちょっと」

「えー、ダメなの？　ちぇー」

唇を尖《とが》らせて不服そうにしていた鳩尾さんは、しかし、ふいになにかひらめいたような表情を浮かべた。おもむろに立ち上がると、部室の隅に歩いていく。

そこに置かれているのは、空の段ボール。

昨日小麦と部室を掃除したときに、あとで潰そうと寄せておいたものだ。

なにを思ったのか、鳩尾さんはその中へ入ると、膝《ひざ》を抱えて座った。

「ええと、なにしてるの、鳩尾さん……？」

良心に訴えかけるような、大げさなまでにうるうるした鳩尾さんの目。

くうん、と、わざとらしいほど哀れっぽく鳴らされる鳩尾さんの鼻。

奇行がすぎる！

可愛いとか関係なくて、俺、ちょっと引いてる！

けど放置することはできない。

なんとなく俺の脳裏をよぎったのは小学校一年生の頃の思い出だ。道端に捨てられていた小汚い柴犬の子犬と相対したときのこと。

捨て犬ならぬ、捨て鳩尾さん。

鳩尾さんが、拾って、と、催促するように両手を俺に向かって大きく伸ばしている。

俺は置き去りにされているものを見ると無性に悲しくなる。

彼女の意図は読めないが、俺はその手を掴み、引っ張って立たせてやった。

小さな手を、細い指を、変に意識しないように。

あくまで事務的に。

「はーい！　今、わたしは安芸くんに拾われました！」

「鳩尾さん、なに、この茶番？」

「拾得者には一割っていうよね？」

「……ぅわああっ⁉」

繋ぎっぱなしだった手を、ぐいっと強く引かれる。

前のめりになった俺の体を鳩尾さんは全身で受け止めるようにし、縮まった身長差をいいことに、俺の耳元で囁いた。

「これから、わたしの一割は、安芸くんのもの」

甘い吐息が耳朶《じだ》をくすぐる。

ドクン、と心臓が弾けて、体温が一気に上昇したのがわかった。

思わず耳を押さえ、よろよろと後ずさる。多分肌という肌が真っ赤《まっか》になってる。

……ひ、卑怯《ひきょう》だ！

鳩尾さんみたいに可愛い子にこんな不意打ちを喰らったら、誰だってぐらつくだろ！

俺の姿があまりに情けなかったのか、鳩尾さんは、ふふっと吹き出した。

「もー、そんなびっくりしないでよ。ね、ね、わたしの一割は安芸くんの所有物なんだから、つまり、わたしの一割はもう報道部に入ってるってことでいいよね？」

無意識のままこくこくと俺はうなずいていた。

「やったー！　言質《げんち》ゲットー！　ハイ、わたしの入部決定ー！」

「あっ⁉　いやっ、待って、今のはっ！」

「これからよろしくね、安芸くん」

「ちょっと‼」

我に返ってももう遅い。

引き止めることもできず。

九割は部外者だよねと正論を言い返すこともできず。

顧問が怖いんだよと脅すこともできず。

鳩尾さんがひらひらと手を振って、部室から去っていくのを俺はただ見送るのみだった。

「…………………やられた」

かなり長い間呆然《ぼうぜん》としていた俺は、ようやくそれだけつぶやいた。

陽《ひ》が傾《かたむ》き、部室は薄暗くなっている。

元カノから女友達を紹介され、その子から脅迫状（仮）について相談され、かと思えば告白され、お断りし、にもかかわらず利用しろと言われ、さらにお断りし、色仕掛けに引っかかり、一割もらって、入部される。なんだこれ。

……キャパオーバー。

俺はぐったりとして、その場にうずくまった。

4

晩飯のあとで、飼っている柴犬の散歩に出た。

点々と設置された街灯にうっすら照らし出された土手沿いの夜道。

夜の散歩は俺の日課だ。

愛犬との楽しい時間だが、今日はいろんなことがありすぎた。

頭の中がごちゃごちゃしてて、なんだか上の空になっている。

犬に癒してもらうしかない。

うちの犬の名前は柴田。もふもふの茶色の毛がプリティーな女の子だ。命名は姉ちゃん。

部室の捨て鳩尾さんを見て俺が思い出した捨て犬はこの柴田だ。

小学一年生の俺は、捨て犬を見捨てられなくて、廃屋で勝手に飼うことにした。

なんたる無責任。

しかも、俺には共犯者がいた。

偶然、俺が犬を拾う場に居合わせた小麦だ。

だけど、小さい子供二人、行き当たりばったりで生き物を飼うなんて到底うまくいくはずもなく。

ある日、柴田がげーげー吐いたあとでぴくりとも動かなくなった。

俺たちは大パニックになって、そこでようやく大人を頼った。

柴田は一命を取り留めて、俺と小麦は双方の親から大目玉を食らった。

細かいところの記憶はもうずいぶんおぼろげだけど。

あ。

そういや、鮮明に覚えてる光景もあるな。柴田が意識を取り戻したときに、それまでずっと、ひたすら涙をこらえていた小麦が安心したようにぽろぽろ泣き出したところとか。

小麦の泣き顔を見たのは、多分、あのときだけだ。

あんな小さな頃でさえ涙を我慢する癖《くせ》があった小麦は、今だったら一体どういうときに泣くんだろう。

想像もつかない。

「って、おい、どこ行くんだよ、柴田！」

急にリードをすごい勢いで引っ張られる。

鼻と耳をぴくぴくさせていた柴田が猛スピードで走り出したのだ。

おてんばなところも可愛いけど！　止まって！　と叫びながら、リードを離さないよう必死についていく。

「えっ⁉　な、なに……？」

「あれっ？　か、加二⁉」

柴田が突撃した先にいたのは小麦だった。

反射的に部室での鳩尾さんとの一件が脳裏をよぎり、思わず目を伏せた。

なんだか気持ちがうまく整理できていない。中途半端《ちゅうとはんぱ》な心で小麦の目を見ることをしてはならない、……ような気がする。

「なによ、柴田じゃないの。久しぶり」

やや不自然な態度を取った俺に気付かなかったのか、小麦は柴田のそばにしゃがんだ。

小麦はまだ学校の制服姿だ。通学用の鞄《かばん》も持っている。多分、部室から出たあとバイト先に直行したのだろう。

はしゃいだ柴田が巻き尾をアグレッシブに振って小麦にじゃれつく。柴田をわしわし撫《な》でる

小麦は普段の無表情が嘘だろってくらい楽しそうに笑っている。

クラスメイトたちは小麦の外見を褒めそやすばかりで、こういう動物好きの一面があるってことには誰も気付いていないだろう。

小麦の優しさとか可愛らしさって、結構わかりづらいんだけど、俺はたくさん知っている。

ふとした瞬間垣間見《かいまみ》えるそれがすごく好きなんだ、とか言いたいけど、言えない。

「……柴田の愛らしさは他の追随を許さないだろ？」

気を落ちつけて小麦に話しかける。

「ええ、神様の最高傑作よね」

「もふもふ界のトップアイドルだ」

「生きていることがファンサービスと言っても過言じゃないわ」

「『わーんして』ってうちわを掲げたい」

「それは私には理解できないけど」

「なんでだよわかれよ」

突如梯子《はしご》を外された俺が面白かったらしく、ふ、と息だけで笑う気配があった。

ひとしきり柴田と戯れて満足したのか、小麦は立ち上がって俺の隣に来た。

「今、バイトの帰りなのか？」

「そうよ」

「変な客とかに絡まれなかったか？」

「……私、安芸に接客業だって言った？」

「こ、高校生のバイトの大多数は接客業だろ？」

「そうなの？」

しくじった、バイト先は知らない設定なんだった。やばい、不審に思われる。

「早く帰るぞ」

俺はとっとと歩き出す。


俺と小麦の家の距離は徒歩五分くらい。

過去には二人でいつも一緒に柴田の散歩をしていた。

毎日同じ道を歩いて、柴田も俺も小麦も日に日に大きくなっていった。

俺が喋り倒してる日もあれば、小麦がぽつぽつと喋る日もあった。

お互い無言の日もあったけど、それはそれで心地よかった。

散歩の習慣がなくなったのは中二の秋だ。

受験期に突入したせいもあるんだろう。

小麦が塾やらなんやらで忙しくなって、散歩に合流してこなくなった。

筋トレでも勉強でもソシャゲのログインでも、習慣ってのは一回途切れるとなかなか再開されなくなる。

だから今日はかなり久しぶりの小麦との散歩なのだ。

ふと、小麦の指先に目をやる。

「……なに？」

「な、なんでもない」

細くて長い小麦の指。

つきあっていたときは、小麦のほうからこの指をそっと俺に絡ませてきたこともあった。何食わぬ顔して、さり気なさをよそおうとして、前方をじーっと見たままで。そんなことをしたら余計に不自然なのに。

今思うと可愛さで地球が割れるな⁉

当時の俺はといえば、歩きにくいなあ、という感想を抱いていた。

片手に柴田のリードがあるからバランスを崩しそうでひやひやしていた記憶がある。

バチ当たりが！　と、あのときの俺をぶん殴ってやりたい。

でも、いくら悔やもうが、今さらもうどうすることもできない。

別れを切り出してきたのは小麦だけど、原因は俺なんだから。

俺が悪い、全部。

小麦とつきあっていたときの俺は、小麦に恋愛感情がなかったのだ。

つきあい始めたのは、中二の夏。

一緒に出かけた先の飲食店で、なにかの割引をしていたのがきっかけになった。

手を繋いで注文したら十パーセントオフみたいなカップル割引だ。

それで、小麦が俺に提案してきたのだ。

『……つきあう？』

俺は深く考えずに返事をした。

『そうだな』

『え、い、いいの？』

自分で言い出したくせに、小麦のほうが面食らっていた。

『安芸、言っておくけど、つきあうってあれよ。近所のスーパーまで荷物持ちにとかじゃなくて、剣道の試合で突いて攻撃しようとかじゃなくて、彼氏と彼女ってことよ』

『うん、わかってる』

『そ、そう……。じゃあ、よろしく』

俺はとにかく鈍くて、恋愛感情の有無以前に恋心がどういうものかすらわかっていなかった。

友人が恋人になったところで、別になにも変わることはないと思っていた。

なんだったら、小麦は割引を利用したいけど嘘をつきたくないんだなあ、だからつきあおうって言ったんだろうなあ、誠実で立派だなあ、とか的外れなことを考えていた気もする。

案の定というべきか迎えた結末はこう。

『安芸、別れましょ。友達のほうが楽しかったから』

そのとおりだよなと思って、これまた深く考えずに了承した。

俺は自分の無神経さに気付かないほど無神経だった。

誰が想像できる？

別れたそのあとで、小麦のことを好きになるなんて。

元カノに人生で初めての恋をするなんて。

「ねえ、安芸」

「ど、どうした？」

危ない、思い出に浸ってぼんやりしていた。

「ちょっとジュース買ってくるから止まって」

「おう……？」

小麦は少し道から外れたところにぽつんとある自販機に向かって行った。

「……もうすぐ家に着くのによっぽど喉が渇いたのかね？」

柴田に話しかけると、わふ、と返事してくれた。今のは肯定。

大人しく待っていると、ほどなくして小麦が戻ってきた。

「はい」

「え？　俺に？」

小麦は一本だけ買ってきたペットボトルを俺に差し出してきた。

俺が小さい頃から好きな甘ったるい炭酸飲料。

「安芸、なんか元気ないように見えたから」

まあ、今日は怒涛《どとう》の勢いでいろいろ押し寄せてきて単純に疲れたからな。

小麦は下に二人弟妹がいるせいか世話焼きなところもある。確か、今、六歳と十一歳とかだったはず。面倒見のいいお姉ちゃんとしての一面なんて、クラスメイトは知らないだろう。

小麦はなかなかそういうところを他人に見せないから。

俺じゃなければこの差し入れに特別な意味があるとか勘違いしてしまうところだ。いや、たとえ特別な意味がなくても小麦が自分を気遣ってくれるのには少し浮かれる。鳩尾さんがそういうとこだぞとかなんとか言っていたけど、本当にそういうとこだぞ。

「ありがとう、五臓六腑に染《し》み渡《わた》った」

「まだ飲んでないのに」

「精神的な意味で」

「じゃあ五臓六腑は関係ないじゃない」

「あっはは、細かいぞ」

「まあ回復したならよかったわ」

「ジュース一本で元気が出るとか俺、燃費よくないか？」

「そうね、安芸が安い人間でよかった」

「おまっ、その言い方はシンプルに悪口だろ、ははっ！」

「それ、お祝いも兼ねてるから」

「お祝い？　って？　なんのだよ？」

「なんのって……」

小麦が不思議そうに首を少し傾げた。

「桜子とのおつきあいのよ。告白されたでしょ？」

「………は？」

思わず低い声が出てしまった。

楽しく話をしていたのに、急転直下。

恋人ができたと勘違いされて好きな相手から祝われていたのか？

別に小麦とまたつきあえるなんて期待はしてないし、小麦がもう俺に特別な感情を持ってないって承知してるけど、それでも気分が沈む仕打ち。

「なによ？」

「いや、あの、つきあってない……」

「はあ？」

今度は小麦の声が低くなる。大事な友人である鳩尾さんに俺がなにかしでかしたとでも思ったのだろうか。

「なんで？　てっきり桜子とつきあい始めたことにはしゃぎ疲れていたのかと思ってたのに……」

なんだよそいつ、とんだ浮かれ野郎だな。

「私、あの変な手紙のこともあるし、絶対安芸に想いを伝えたほうがいいって桜子に言ったのに、……まさか」

小麦は俺を睨《にら》みつけた。

めったにない怒りに、俺は思わずたじろぐ。

「私とつきあってたとか言った？　口止めしておかなくてもそれくらいの気遣いはあると思ったのに。桜子が私に変に遠慮して告白を取り消したってこと？　もう終わったことだって言っても桜子が気にするかもって思わなかったの？」

「いや、そんなん言うわけないだろ。俺にだってデリカシーって概念くらいある」

「そう……よね。疑って悪かったわ」

「お、おう、気にすんな」

わかりきっていたことだが、終わったことだと本人からもハッキリ言い切られてしまった。

正直今すぐ俺は柴田を抱きかかえてもふ毛に顔をうずめて号泣したい。

平然とした素振りで会話してるのマジで奇跡だからな。

「じゃあ安芸が断ったってこと？　どうして？」

「好きじゃないから」

「そんなのっ、…………！」

小麦は勢いよくなにか言い募ろうとして、いきなり口をつぐんだ。

「な、なんだよ」

「……別に。今好きじゃなくても、これから好きになるってこともあるんじゃないの？」

一瞬、ぎくりとした。

多分、小麦に他意はないのだろうけど。

確かに、人の気持ちは変わる。俺だって変わった。

「これからゆっくり好きになればいいじゃない」

噛んで含めるように小麦が続ける。

「あんなに可愛くてスタイルもいい子、なにが不満なの？」

「可愛いからって外見につられる男と鳩尾さんがつきあうとか、友人的にはそのほうが嫌なんじゃないのか」

「もちろん、中身を好きになってあげてほしいわよ。でも桜子の性格がいいことなんて私が一番知ってるし、つきあえばすぐに実感できるじゃない？　あんたには外見のことを言ったほうが響くんじゃないかって思ったの」

「なんでだよ」

「タイプでしょ、桜子の見た目」

俺は訝《いぶか》しげな表情をしたと思う。どこでそう判断したんだ？

「だって、桜子って私と全然違うタイプだから」

「なんだそりゃ」

ははは、と笑ってみせたが、俺は内心冷や汗が止まらなかった。

俺は外見だけで比べろと言われれば小麦のほうを好ましく思う。が、小麦には真逆に伝わっている。つまり、小麦は俺に対して、恋愛的な意味では好かれないって、安心と信頼を抱いているってことか？　もはや好きとかバレたら地獄じゃないかよ。

「あのなあ。そもそも出会ったばっかでつきあうか普通？」

「じゃあ桜子のこともっと知ればつきあうのよね？」

「めちゃくちゃ推すなお前」

「もっと仲を深めればいいんじゃない？　手紙の差出人が万一ちょっかいをかけてきたときのためにも、安芸が見ていてあげてよ。もちろん私もできる限り気にしておくけど」

「あー……、まあ、それについては力になりたいとは思うし、成り行きだけど、鳩尾さんが報道部に一割入部した」

「一割ってなに？」

「わからん……」

「なんなのよ。でも、一緒に過ごして桜子のことを知っていけるってのはいい環境ね」

「実はお前が鳩尾さんとつきあいたいんじゃないかってくらいの大攻勢だな」

「だって、あの子、本当にいい子なのよ。あのね、私って、融通が利《き》かないから結構クラスとかで浮きがちになるじゃない？　でも、それはいいのよ、私、人に合わせるの苦手だし」

「おー……」

「桜子はむしろそこがいいとかわけのわからないこと言ってくっついてきてね。私が、ほかに一緒にいて楽しい人いっぱいいるでしょうとか、私といたら評判悪くなるんじゃないかしらって言ってもお構いなしで。本当にしつこくて、私、根負けしちゃったのよね」

きっと小麦はいつものようにかなりぶっきらぼうな対応だったんだろうから、鳩尾さんの根性がわかるってものだ。

「あの子、私なんかといてもいつも楽しそうなのよね。うちでテスト の勉強教えてくれてるときも、私が作ったクッキー食べてるときも」

小麦は菓子作りが得意だ。

可愛らしくアイシングされたさくさく食感のクッキーとか。

俺もご相伴にあずかったことがある。

近しい人間にしか振る舞われないそれ。

小麦が鳩尾さんに心を許しているのがわかる。

「あの子、『早く早く、これ食べてみて、どう、おいしいでしょ！』なんて得意げなんだもの。私が作ったのに。おかしいでしょ。私もね、あの子といると自然に楽しくなっちゃうの」

小麦の口元には、照れたような笑みがあった。

ああ、そういうことか。

自己評価の通り、小麦には融通が利かないところがある。誠実すぎるがゆえの弊害。外見の華やかさにホイホイ近寄っていく人々は、しばらくすると小麦のまっすぐさに息苦しくなって離れていってしまう。なんだこの花、棘《とげ》があるぞ。遠くから眺めてるくらいがちょうどいいや、なんてな。

だからこそ小麦は高嶺の花なのだ。

友達と衝突し、そのまま関係が砕け散るところを、俺は何度も見てきた。

そんな小麦にとって、鳩尾さんは人生で初めての信頼できる友達――ってことだ。

「鳩尾さんのこと大好きすぎるだろ、お前」

「悪いの？」

「悪くはないけどさ」

「私が好きになったのよ。安芸だって今に好きになるわよ」

難攻不落の小麦を落としたのだから、俺なんか時間の問題ってことか?

「そりゃいい子なんだろうとは思うけど」

「わかってるならつきあえばいいじゃない。楽しいことたくさん増えるんじゃないかしら。なにより、私、桜子には幸せになってほしいの」

言いたいだけ言って気が済んだのか、小麦の足取りが軽《かろ》やかになった。

——無理だ。

無理なんだよ、小麦。

いくら鳩尾さんの人柄を知ったところで意味がないんだよ。

俺はお前が好きなんだから。

交差点に出た。ここは俺の家までと小麦の家までとの分かれ道だ。

「じゃあね」

小麦は小さく俺と柴田に手を振った。

横断歩道を渡っていく小麦の背中をぼんやりと見送る。

小麦の姿が見えなくなってから、俺はその場にしゃがみ込んでため息をついた。

……不毛、だよなあ。

俺のすぐそばでは、柴田が自分の尻尾《しっぽ》を追いかけ回して、ぐるぐると延々その場を回っている。

5

「おはよー、安芸くん！」

「うぉ、お、おはよう……」

嚙《か》み倒したあげく、声がうわずってしまった。

自席でクラスメイトの女子と喋っていた鳩尾さんが、俺が教室に足を踏み入れた瞬間、声をかけてきたのだ。

直後、俺はクラス中の視線を独り占めした。

そりゃそうなる。昨日までなんの接触もなかった俺が突然名指しで挨拶されたんだから。大天使なんて呼ばれるくらいだし、鳩尾さんは元々俺みたいな特に目立ったところのない生徒にも分け隔《へだ》てなく接する人だけど、それにしたって脈絡がなさすぎる。

「ちょっ、安芸、おまっ、なんでいきなり鳩尾さんと親しげな空気出してんの⁉」

「まさか鳩尾さんとも幼なじみとか言うんじゃねえだろな」

何人かの男子が詰め寄ってくる。

「はっ！　もしかして安芸くん、報道部のなんらかの調査技術を利用して……？」

「鳩尾さんの弱みを握って脅迫かなんかしたってことか……？」

とんでもない濡れ衣に「なんだそりゃ、するわけないだろ」と呆れて返す。

「マジかよ、最悪だな、報道部」

「だから違うっての！」

デマが広がるのは一瞬なのに、ファクトチェックして訂正されたものは拡散されない世の中の図式をこんなところで展開するな。

ま、今回に限っては事実のほうがよっぽどデマっぽいけど。

鳩尾さんはなぜか俺のことが好きらしくて、実はすでに告白されたんだよ、なんて正直に口にしてみたところで、安芸の妄想癖やべえな！　とドン引かれて終わるだろう。部長がフェイクニュースを流すとは何事だよ、と。

「安芸くーん、入部届書いてきたんだけどこれって直接先生に出すの？」

再び、鳩尾さんの声。再び、注目を浴びる俺。

「い、いえ、あの、あとで俺がもらいます……」

いたたまれなくて、語尾が小さく消えていく。

わかったー！　と鳩尾さんからは無邪気な返事が返ってくる。目の前の男子たちが俺と鳩尾さんのやりとりに目を剝《む》いていて怖い。

「えっえっえっ、もしかして鳩尾さん報道部に入部したってこと⁉」

「……そうだよ」

答えると、マジかあー！　と、全員、顔を両手で押さえてのけぞるリアクション。

「真実の追求！　とか言って盗撮すんなよ、安芸！」

「ばっか、安芸くんは俺らのために鳩尾さんの写真集作ってくれるんだってば」

「それってグラビア⁉　び、ビキニとか欲しいよな絶対……⁉」

俺は自分の眉間に皺が寄るのがわかった。

悪乗りしすぎだろう。楽しくなっちゃってるのか知らないが、声のボリュームも調節できてない。鳩尾さん本人に聞こえていそうだ。

クラスメイトと話している鳩尾さんにちらりと目をやる。

少し、笑顔が引きつっていた。

やめろよ、と俺がまだ騒いでいる男子たちに対して口を開いたのと同時に。

「――――なにが面白いの？」

ひやりとした冷たい声が、教室中を凍りつかせた。

声の主は、いつのまにか登校してきていた小麦だ。

「人が真剣に取り組んでる部活の理念をおもちゃにするのってどうかと思うけど」

「あー、えーと」

高嶺の花からの思わぬ攻撃。男子たちが気まずげに素早く視線を交わす。大方、加二釜さんに悪印象を与えてしまった、どうしよう嫌われたくない、とでも思ってるんだろう。

だがうろたえる彼らをよそに、小麦は淡々と続ける。

「目の前で自分の下世話な話をされる女の子の気持ちも考えられないの？　そういうことやっててその子から好印象を抱かれると思う？」

「う」

「最低」

ばっさりと切り捨てた。

小麦は本気で怒っている。

鳩尾さんのために、そして俺のために。

基本的に、対立は苦手って人のほうが多いだろう。余計な争いは避ける。摩擦は嫌だ。嘘でもいいから調和を重んじる。

小麦のように真正面から切り込む奴は珍しい。しかしだからこそ小麦は強烈な求心力の持ち主なのだ。

俺は小三のときに俺を冤罪《えんざい》からかばった小麦のことを思い出していた。スポットライトが当たるにふさわしい存在。目を奪われる。目を射られる。

これが――――これこそが小麦だ。

小学生の頃の俺の前に光臨した少女、俺が憧れた加二釜小麦。

「い、いやあ、加二釜さん、男ってのはどうにもばかなもんで……」

「そ、そうそう、加二釜さん、俺たちってばそういうお年頃で……」

「私はあなたたちに最低って言ってるんだけど」

属性のせいにして逃げた男子に対して小麦は容赦がない。

小麦は圧倒的に正しいことを言っている。

だが、悲しいかな、正論で反省する人間はめったにいない。

正義感の強い人間は往々にして煙たがられる。それどころかむしろ、反抗心を呼び起こしてしまう。たとえそれが孤高の存在としてクラスで一目置かれているクールビューティな小麦であってもだ。

教室内に不穏な空気が漂い始める。

だめだ、これ以上見ていられない。

「あのな、俺は盗撮なんかやらないからな」

「……そこはもう終わってんだって」

小麦と男子の間にノープランで割って入ってしまった。仲裁できる予感がしない。引っ込みがつかないのか男子たちはますますピリピリし始めている。やばい、火に油を注いでしまったのかもしれない。

しかし、そこへ。

「んも～、小麦ちゃんてばかっこいいんだから～～！」

小麦に駆け寄った鳩尾さんが、勢いそのままに小麦にぎゅっと抱き着いた。

底抜けに能天気な声に、空気が一気に弛緩《しかん》する。

「はっ?」

「えっ⁉ さ、桜子⁉」

予想だにしていなかったのか、珍しく小麦が狼狽《ろうばい》している。

鳩尾さんは小麦の肩口に頭をぐりぐり押しつけて離れない。

「決めた! わたし、今日から小麦ちゃんのものになるね! ほらほらー、みんな、二人きりにしてよー!」

鳩尾さんの言葉に、件《くだん》の男子たちは一瞬ぼけっとしていた。

だが、面子《めんつ》を保ったまま退くチャンスだと気付いたのか、そそくさとフェードアウトしていく。

固唾をのんで見守っていたクラスメイトたちも、ラブラブじゃーんと冗談まじりに笑っている。

何事もなかったかのように、教室は普段の空気感を取り戻した。

「……離れて、桜子。ちょっと苦しいわ」

「えー、もうちょっとだけー」

小麦は我に返ったのか鳩尾さんを引き剝《は》がしにかかっている。

「す、すごいね、鳩尾さん」

俺が漏らした感想に、鳩尾さんはきょとんとしていた。

「すごいって?」

「だって、今、どこにも角を立てずに場をおさめたよね」

「それ口に出しちゃったら情緒もなにもないじゃないの。本当に空気読めないわね」

「絶対お前に言われたくない」

「あはは! 安芸くんだって真っ先に動いてすごかったよ!」

「いや、俺は全然なにもできなかったし」

「えー? ご謙遜《けんそん》をー」

「でも、いいの、桜子?」

笑っている鳩尾さんとは対照的に、小麦は少し深刻そうだ。

「え?」

「あなただって怒ってよかったのに」

「もー、小麦ちゃんはお堅いなー。わたし、あーんなネタ、昔っから山ほど言われてきたからスルーっすよ、余裕でスルー」

「そう。ごめんなさい」

小麦が生真面目《きまじめ》に頭を下げる。

「え、あの」

「私、桜子が傷つくかと思って。……私は桜子が傷つけられるのすごく嫌だったから」

小麦の言葉に、鳩尾さんの頬が少し赤くなる。

「もー、そういうとこだぞ」

「なにがよ」

「あのね」

鳩尾さんが小麦の耳元に口を寄せる。

「謝らないで。本当はね、怒ってくれてすごくうれしかったんだ。……ありがと。えへへー」

「桜子……」

見つめ合ったと思ったら、一気に二人の世界に突入。空気が微妙に甘酸っぱい。なんだこの疎外感。でも、お熱いところを邪魔しても俺にだって言いたいことがある。

「加二」

「なに」

「ありがとな」

「……なにが？」

「報道部のために怒ってくれただろ」

「桜子のためよ」

「俺は真実を見抜く力があるんだぞ」

「やかましいわね、報道部はついでよ、ついで」

「うん、ありがとう」

「九割がた桜子のためだから礼には及《およ》ばない」

武士みたいな返しだな、と、ちょっと笑いそうになってしまった。かたじけないとか言えばよかったのか俺も？

今回の件で、なんとなくだが、いろいろ正反対に見えるこの二人が仲良くしている理由がわかった、ような気がした。

持ちつ持たれつで、バランスがいいんだ。

クールで誠実で正義感が強くて、だからこそ危なっかしい小麦。

協調性と包容力があって、だけど本音を押し殺してしまう鳩尾さん。

正反対のように見える二人は、足りないところを補いあって、ぴたりとはまっている。

「もー、小麦ちゃんって本当に自分の感情に正直っていうか、嘘つけないよね？　ね、安芸くん？」

もう答えはわかっているのだろう、鳩尾さんは俺に問いかけているが、かたちだけだ。だから、俺は「うん、昔からそうだよ」と首肯する。

「あー、やっぱり？」

鳩尾さんは得意げに胸を張った。

「ふふ、わたしね、小麦ちゃんがわたしに嘘ついたり隠し事したりしても、絶対見破れる自信があるよ！」

鳩尾さんの曇りのない笑顔。

…………。

俺と小麦はとっさに目配せし合った。

お互いの心はおそらく一つだ。

今まさに隠し事してますけど！　昔、自分たち、つきあってました!!

嘘をついているわけじゃない。ただすべてを伝えていないだけ。

だが、こうも純粋な鳩尾さんを前にすると罪悪感を覚える。

これからずっとこの胸のもやつきを抱えていくのか？

6

「はーいっ！　部長っ！　わたしはなにすればいいですかっ？」

放課後の報道部部室。

部屋の中央の長机、俺の向かいに座った鳩尾さんは元気よく挙手をした。

クラスで鳩尾さんが入部を公言したことで、なんだかんだと外堀を埋められた感じがある。

入部はやっぱナシで、とか言い出せなくなってしまった。

ん？ もしかしてだからわざわざ入部届のことをクラスで聞いたのか？ 案外策士なのかな、鳩尾さん。いや、まさかな……。

「安芸くん？」

「ごめん、考え事してた。ええと、例年なら新入部員には番組作りの手伝いなり、取材用機材に触って慣れるなりしてもらってたんだけど、俺一人で全然手が回らないんで、今のとこ一旦《いったん》全部ストップさせてるんだよ」

「じゃあまずは部員勧誘だ？」

「ああ、それも大事だね」

「CMとか作る？ TigTogとかに上げてさ？」

「……うん、俺はまずネットリテラシーについて講義したくなってきたかな。でもまあ、確かに鳩尾さんなら外見ゴリ押しで気付いたらインフルエンサーになってそうだね」

「えー？ えへへ」

うっかり流れで無遠慮に外見を褒めてしまったが、鳩尾さんがちょっと照れくさそうな顔をした。可愛いだのなんだの言われ慣れてるだろうに。

なんにせよ美には力がある。もしこの世から差別が一つずつ消えていくとしても、最後の最後までしつこく残りそうだもんな、ルッキズム。

「じゃあ、安芸くんのスマホでいいからちょっと撮って」

「え？」

「ほらほらー、早くー」

「は、はぁ……」

促されるままに、俺は自分のスマホの動画撮影を起動した。

アウトカメラを鳩尾さんに向ける。鳩尾さんはこちらににっこり笑ってみせたあと、少しおどけて舌をちろりと出した。

無垢《むく》な子供のようで大変可愛らしい。これを見て僕だけのエンジェル……！　とか寝言をほざいた奴が大天使ってあだ名の発祥地だったんじゃないかと思う勢いだ。

「安芸くんはなんで報道部入ったの？」

「えっ、撮られてるほうが質問するの⁉」

「あはは、逆かー」

鳩尾さんがいたずらっぽく笑う。

本当に表情がくるくるとよく変わって、見ているだけで楽しくなる。親しみやすくていい子だ。

表情があまり変化しない小麦とは真逆のタイプ。

でも二人してボケなのか本気なのかたまに微妙にズレたことを言い出すところは似てる。鳩尾さんが今、俺に逆に質問してきたように。小麦が妙な言い回しで俺にツッコむように。

そういうところ、波長が合うんだろうな。外見は正反対な二人だけど。

って、いやいや、なに二人を比べているんだ俺は。

人と比べて褒めるも下げるも失礼すぎるだろ。

「じゃあ、安芸くん、わたしになにか聞きたいことある？」

「えっ⁉　えー、……と」

なんで俺を好きになったんですか？

そんなもん改めて聞けるか。

「し、視力は？」

誰も興味なさげな質問をしてしまった。頭の中が整理されてないうえ、鳩尾さんにじっと見つめられて焦った結果だ。報道部失格。

なんでそれ？　と鳩尾さんにも笑われてしまった。

「両目ともAだよ！」

「目いいね」

「そうそう、だけど中学のときとかなぜか絶対コンタクト入れてるでしょーとか言われたことある。その人、みんなに言い回ってさ。Aだって言ってるのに。謎じゃない？」

「あー……」

それは、悪口——だったんだろうな。

鳩尾さんの可愛さが気に食わなかった人からの。

そいつの言うコンタクトは、視力矯正用のものではなく、いわゆる黒目を大きく見せる用のものを指していたのだろう。

去年、部活で美容についての記事を書いたとき、俺はいろんなことを調べた。

今の世の中の基準では、黒目は大きいほど可愛いとされている、とかなんとか。

だから鳩尾さんの中学の奴が触れ回った意図は――騙されんなよ、あの子の可愛さって天然じゃないぜ？　ってことなんだろう。

涙袋があるほうが可愛い。蒙古襞《もうこひだ》がないほうが可愛い。二重は幅広いほうが。人中《じんちゅう》は短いほうが。肌はブルべ冬が。骨格はナチュラルが。顔面には黄金比率ってのがあって、横顔のEラインってのもあって、ああああああ、もう、わけがわからん。

そんなこと知らなきゃ苦しまないで済むのに。

情報っていうのは、取捨選択をうまくやらないと、一生懸命コツコツ悩みの種を増やしていくはめになるだけだ。

でもくだらないなんて切って捨てることはできない。当人にとっちゃ死活問題のコンプレックスなんだから。

八つ当たりで嘘の噂《うわさ》を流してしまうくらい。

しかし。

鳩尾さんにそこまで露骨に攻撃を仕掛ける人が過去にいたってことは……。

「安芸くん、次の質問はー？」

「えっ？　えーと、好きな食べ物は」

「あはは、今度はベタなこと聞いてくるー」

自分でもそう思う。

さっきからろくな質問が出てこない。

「あっ！　好きな食べ物っていうか、小麦ちゃんの家でクッキー食べたんだけどね」

「手作りのだよね？」

小麦からも聞いた話だ。

「そうそう、よくわかったね？　それがすっごくおいしくって！　でも、小麦ちゃんってば最初自分で作ったとかも言わなかったんだよ。だからわたしてっきりお母さんが作ったのかなあと思ってたの。そしたらね」

鳩尾さんはくすりと思い出し笑いをした。

「お姉ちゃんがお友達が来るからってどれが好きかなって昨日いろんなの作ったんだよ、自分も手伝ったよ、って妹ちゃんが悪気なーく暴露してくれちゃって。ふふ」

「それは心温まるなあ……」

想像して微笑ましい気分になる。

もう手遅れなのに焦って妹の口に手を当てる小麦の頬は、ほんのり赤く染まっていたんだろうな。

「でしょ！　小麦ちゃん可愛すぎ！」

それは同意だ。だけど、うーん……。

小麦は鳩尾さんのことをもっとよく知れと言っていた。

そうすれば、鳩尾さんのことを好きになるから、と。

でも、鳩尾さんからは俺の知らない小麦の話がこうやって飛び出してくるわけで、そのたびに俺は鳩尾さんそっちのけで小麦に思いを馳《は》せてしまう。

目の前にいるのは鳩尾さんなのに、無邪気に笑っている姿はなにより可愛いのに、それでも俺が考えるのは小麦のこと。

罪悪感のせいか、胃が痛む。

俺、もしかしなくても、最低じゃないか？

「ていうかさ、安芸くん。全然報道部のＣＭじゃないね、これ？」

「今さら気付いたの⁉」

「あはは。んー、ＣＭかあー」

ちょっとだけ腕を組んで考えていた鳩尾さんは、すぐに「こういうのは⁉」とカメラ目線になった。

「未経験からでもオッケー！　アットホームな部活です！　誰でもいいからい〜〜〜〜っぱい

来てねっ！」

最後にぱちーん！　とウインクが飛んでくる。

可愛さのあまりカメラを構えていた腕がブレて画面が揺れる。

「って、いや、よくない、よくない」

「えー、ダメ？」

「その口上を使う部活は絶対よくない。未経験のまま現場に放り出して使い捨てられるし、身内感覚が強すぎてパワハラが発生するだろ……」

「そっかー」

「誰でもってのもよくない。この部に興味ない人来てもどうせすぐ辞めちゃうから」

言って、俺はスマホを下ろす。

俺が一年のときの経験からハッキリ言える。誰かのつきあいで入ってきた人はすぐいなくなってしまうのだ。

だから実のところ、鳩尾さんに対しても、いつまで続くんだろ、なんて思っている。

そもそも、勢いのまま動画を撮っていたけど、俺はＣＭを作ることに対して、正直、気が進まない。一度ネットに上げたものは二度と消せないのだから慎重に……とか、デジタルタトゥーがどうこうを抜きにしても、おそらく、やめたほうがいい。

「俺、ＣＭとかさ、鳩尾さんにはあまり目立つような行動はしてほしくないんだよ。少なくとも今は」

「なんで？」

「危ないから」

「……なんで？」

「脅迫状（仮）のことがあるから」

「え、だったら、むしろ目立っていくべきなんじゃない？　わたしが部長への愛を囁く動画とか撮ればいいような」

「いや、それは……」

さらっと恥ずかしいことを言われて、俺は続けようとしていた言葉が出てこなくなってしまった。冗談だろうけど、やめてほしい。脅迫状（仮）の話をさせてくれ。

鳩尾さんは、俺のそばにいることで、差出人に『自分の好きな人と鳩尾さんの好きな人は別人なのだ』と訴え、勘違いに気付かせてフェードアウトさせるという、ラブアンドピース戦法を取っている。

だけど。

「差出人が、自分が勘違いしてたって思ってくれればいいけど、もしかしたら、自分の好きな人をたぶらかしたあとで、もうほかの男に手を出したのかよ、あの女！　とか曲解して逆上する可能性もあるかもしれないよね」

さっき、コンタクトの話を聞いたときに思ったのだ。

人って、びっくりするくらい一方的に言い掛かりをつける。

やはり差出人に対しても用心するに越したことはない。

「もちろん、そんなのは取り越し苦労かなとは思うんだけど。でもやっぱり、もうちょっと時間が経って、ほとぼりがさめるまでは、変に刺激するようなことはやめておいたほうが……」

「………」

鳩尾さんは、ぱち、と大きく瞬きをしている。

「どうかした？」

「そこまで真剣にわたしのこと考えてくれるなんて感動しちゃった。惚れ直しちゃうなーって」

「あー、………恋心の判定ガバガバだよね？」

「うひひー」

俺の返しが照れ隠しだとわかったのか、鳩尾さんはしてやったりな表情をしている。

普通なら小ばかにされてるって受け取りそうになるところだが、なぜか嫌じゃない。鳩尾さんのあどけなさのなせる技なんだろうか。

「ねえ、でもでも部員勧誘は？　いいの？」

「よくはないけど、というか差出人が過激な奴って可能性も考えて、鳩尾さんが入部したこと、クラスの奴らにも伏せておいたほうがよかったかもしれないな」

「えっ、どうして？」

「きっと噂はすぐ広まるだろうし、差出人が入部希望の振りして襲撃してきたらやだなあ、とか思っ……」

あ、やべ。

わざわざ口に出すことじゃなかった。

鳩尾さんの顔がちょっと強張ってる。

ただの憶測で無用な不安を与えてどうする。

素直に、誠実に、心のままに、隠し事なく、思ったことをすべて伝えたら、最悪の結果を生むことだってある。

それは、俺が身をもって学んだ教訓なのに。

「ま、まあ、そんなの杞憂《きゆう》に終わるだろうけど。えーと、そうだ、この部屋の備品について説明しようかな。そこの本棚の本は好きに読んでもらってもいいよ。あ、でも持ち出すときは借りてるってメモかなんか置いてってって」

全力で話題を変えた。

部室にはジャーナリズム概論とか文章作成術はもちろんのこと、心理学やら社会学やら行動経済学やらサブカル漫画やら、歴代先輩らが適当に書籍を突っ込んでいった本棚があるのだ。

「安芸くんのおすすめは？」

「うーん、俺も別に全部読んでるわけじゃないけど、面白かったのはこれかなあ……」

俺は本棚から取ってきた本を鳩尾さんに渡す。

「ありがと、読んでみるね！　ふふふー、楽しみ」

「読書好きなの？」

「好きっていうか、ただ、安芸くんのこともっといろいろ知りたいなって思ってたから。面白いと思ったものを共有できるのがうれしいなって」

照れながら言う鳩尾さんを、俺は直視できなかった。

苦しくなってしまったのだ。

鳩尾さんの気持ちはうれしい。でも好かれて申し訳ないなんて思っている、その事実がまた申し訳ない。

いっそ、鳩尾さんがすごく嫌な奴だったらよかったのに。

そうしたら、こんなふうに心を痛めることもなかったのに。

――やっぱり、俺は小麦が好きだから。

7

鳩尾さんと放課後を共に過ごすこと数日。

報道部の活動は裁量制、ましてや今は仕事という仕事もないのだから、部長の俺はともかく鳩尾さんは毎日顔を出す必要はない。

だけど鳩尾さんは毎日きちんと部室にくる。

案外、律儀なんだな。

そのうえ、ただ世間話をするためだとかに来ているわけじゃないのだ。

俺がかかわった去年までの仕事をまとめたファイルや映像に目を通したり。

部員募集は結局昔ながらの方法を使うことにして、ポスターを制作したり。

疑問が浮かぶときちんと質問してきて俺から少しずつ取材方法を教わったり。

仕事に繋がりそうなことを自主的に見つけては、楽しそうに過ごしている。

ほぼ成り行きでの入部で、元々報道に興味があったわけでもなかろうに、真面目《まじめ》に、しかも積極的に取り組む姿。

正直、俺は部室に鳩尾さんが現れるのを、日に日に心待ちにするようになってしまっている。

打てば響く部員がいることで部活に張り合いがでてきた。

鳩尾さんと穏やかに過ごす日々がこうやって日常になっていくのかもしれない。

厄介事が舞い込んできたのは、そう思っていた矢先のことだった。

「あ、ちょっとぉ！」

音を立てて乱暴にドアが開けられたかと思うと、女子が二人乱入してきた。

両方長い髪を栗色に染めているが、一人はストレート、もう一人はウェーブ。二人は同じように制服を着崩していて、スカートを短くしていて、化粧は濃くて、とにかく派手だ。

上履きの色からすると、二人とも一年生。

「あ、鳩尾桜子とかいう奴アンタ⁉　ばっきゅん先輩に告白したらアンタのことが好きとかって振られたんだけど！」

ストレート髪の女子が鳩尾さんの元に詰め寄って叫ぶ。

誰だよばっきゅん先輩。しかし、それよりも、ストレート髪が言っている言葉の意味は。

私のほうが先に好きだったのに、じゃないか？

「え、あなたもしかして、手紙の差出人……？」

俺と同じことを考えたらしい鳩尾さんが、ストレート髪の勢いに圧《お》されながらも、控えめに尋ねた。

「ハァ⁉　手紙とかなに⁉　意味わかんねーこと言って逃げないでくれる⁉」

が、即否定をされた。

ストレート髪は真実を言っているのだろう。嘘をついている余裕があるようには見えない。

差出人が乗り込んできたわけではなかったようだ。

よかった——わけがない。

手紙なんか関係なくても嫉妬《しっと》や逆恨みで難癖《なんくせ》をつけられて怒鳴り込まれることがある、と、今まさに証明されているのだ。

差出人にだけ警戒していた俺は、いろいろ甘く見すぎていたとしか言いようがない。

でも今すべきなのは後悔じゃなくて、とにかく二人と鳩尾さんの間に割って入ることだ。

ウェーブ髪はただ友達についてきただけといった感じで害はなさそうだ。まずはストレート髪を落ち着かせるべきだろう。

小麦だったらきっともう二人を追い出せている、もたもたしている暇はない、俺は椅子から立ち上がる。

「し、失礼しまぁす……」

そんな中、ふいに、女子のか細い声がした。

見ると、開け放たれたドアのところに、二つ結びの大人しそうな女子が立っている。上履きの色を見たら、こちらは俺らと同じ二年生だ。

今日に限ってなんで来客が多いんだよ。

「は、はいはーい！　どちら様っ？」

鳩尾さんは、こんな状況にもかかわらず、来客対応は部長ではなく部員の仕事だと思ったのか、二つ結びの女子の元へと向かった。

「ひぃっ、あ……、あのあの、あの、え、ええと……、あの、そ、そう！　落とし物を……」

女子は赤面してしどろもどろになっている。人見知りなのか、室内に派手な女子二人がいて不安なのか、はたまた鳩尾さんのような明るいタイプが苦手なのか。

「落とし物ね、今探すね！　落としたものの特徴を聞いていい？」

「そ、そう！　私、作詞をするのが趣味なんですけど、それを書いたルーズリーフで、その、デジタルで残したりもしてなかったから、大事で、ええと、タイトルが……」

なんで失せ物探し依頼がうちに来るのかといえば、報道部は校内の遺失物管理の役割も請け負っているからだ。取材で駆け回るため、落とし物を目にする確率がほかより高くて自然とそうなった、らしい。むろん、貴重品は除く。それは教師の管轄《かんかつ》だ。

「あ、ちょっと、まだこっちの話、終わってないんだけど！」

「叫ばなくても聞こえてる」

俺はストレート髪とウェーブ髪の前に立って、淡々と告げる。小麦が事実をただ指摘しているときの声色《こわいろ》を意識した。

こういうのは相手と同じ土俵に立って熱くなってはいけない。

俺が本当に小麦なら相手は一瞬でもぐっと押し黙ったかもしれない。実際は「ハァ⁉　アンタに関係ないでしょ⁉」と爆速で激昂《げきこう》させてしまっただけだったが。怖えよ。

「あったあった！　見つけたよ！　これだよね」

鳩尾さんは保管ボックスの中から二つ結びの生徒の落とし物を探し出せたらしい。

あっさりと見つかったのは、先日小麦と俺で部室を整理整頓をしたからだと思う。

「あ、ねえ！　そんなのどうでもいいでしょ！」

「うわっ⁉　待っ……」

ストレート髪が肩をぶつけんばかりに俺の横をすり抜ける。そのまま、鳩尾さんが女子の元へ持っていこうとしていたルーズリーフを乱暴に奪い取った。

そこからは嘘みたいな流れだった。

鳩尾さんをにらみつけるストレート髪。な、なんで、やめて、あなたは触らないで……と、ルーズリーフを取り返そうと飛びつく二つ結びの女子。二人がぶつかった拍子に、ストレート髪の手から離れたルーズリーフがひらひらと舞い、部屋の隅のシュレッダーに吸い込まれ――。

ガガガガガガガッ！

「えっ？」

「はあっ？」

「…………え？」

鳩尾さん、俺、そして二つ結びの女子は、目の前の光景を疑った。

「あっ、アタシのせいじゃないし！」

「うわ、こんなことあんの……？　ミラクルすぎるんだけど……」

責任逃れをするストレート髪と、ちょっと引いてるウェーブ髪。

なんなんだよ、こいつらは！

俺は儚《はかな》い望みにかけてシュレッダーに駆け寄る。だが、ルーズリーフは完全に呑《の》み込《こ》まれた後だった。

「あの、ごめんなさ……」

「……！　あなたからごめんなさいなんて、聞きたくないっ……！」

「えっ！」

二つ結びの女子は、鳩尾さんの謝罪を受け入れたくなかったようで、ばたばたと走り去っていく。よほどショックだったのか。

「ね、ねえ、あのっ！」

引き止められなかった鳩尾さんは、派手な女子二人に向かっていった。

「あ……、な、なによ……。なんか文句あるの？　それよりばっきゅん先輩のことなんだけど！」

「ちょ、ちょっと、今のは、ひどいんじゃないかなー？　って」

おそらく、鳩尾さんは小麦と同じことをしようとしたのだろう。悪乗りでからかわれた俺とクラスの男子と対峙《たいじ》したときのあの小麦だ。

鳩尾さんをかばって、クラスの男子と対峙したときのあの小麦だ。

だが、実際は、ストレート髪とウェーブ髪の顔色をうかがうような物言いで、作り笑いまで浮かべてしまっている。

だって、鳩尾さんは我を貫き通すことと自分を殺すこと、どちらが楽かを比べたときに、後者に天秤《てんびん》が傾くタイプなのだから。

それでも鳩尾さんは懸命に続ける。

「あのね、やっぱり、さっきみたいなのは、よくな……」

「なんでアンタみたいなのばっきゅん先輩は好きなの⁉　むちむちとかより、マジダイエットとかしたことなくてもこの超スレンダーボディ保ってるウチのがよくない⁉」

なんで俺はまだこんなやつを追い出すことができていないんだろう。

まったく話を聞かない相手に、鳩尾さんは泣きそうになっている。

「……おい、嘘つくな」

俺は話しながらストレート髪にゆっくり近づいていく。

「あ、なによ、嘘って」

「あんた、ダイエットしてるだろ」

ぎく、とストレート髪の肩が揺れた。鳩尾さんは、なんでそれを今指摘するんだろう？　とばかりに困惑している。

「吐くダイエットはやめたほうがいい」

「あ、な、なにを」

「歯があんまり健康的じゃないみたいだな。胃酸で溶けたか？　指に吐きダコがあるよな」

ストレート髪は慌てて口を閉じて両手を背中側に回す。

「最近コンタクトにしたか？　眼鏡《めがね》のパッドの年季の入った痕《あと》が鼻のとこにある」

ストレート髪は慌てて鼻の付け根を押さえる。

「中学のときは化粧してなかったろ？　それも最近始めたんだよな。だから下地を顔面全体にそんな厚く塗っちゃってのっぺりしてるんだ」

ストレート髪は慌てて両手を頬に当てる。

「それに、話し始めについつい『あ、』がつくのは、人づきあいが苦手なやつあるあるだって世間は認識してるところがあるよな。『あ、そうですよね』とか、『あ、すみません』とか。あんたもその癖あるぞ」

ストレート髪はたじたじと後ずさっていく。

もうひと押し、と思ったそのとき。

「うわー。この人、あんたがすんっげえ太ってたことなんでわかったんだろ……。めっちゃ頑張ってたもんね。おしゃれして、高めの先輩落として名実共に高校デビュー成功させるぞって意気込んでたことも、見抜いてんじゃね……？」

ウェーブ髪が半ば感嘆の声をあげた。

「う……」

「あれ？　あんた、どしたの？」

「う、ううう――――っ！」

「えっ⁉　ま、待ってよー！」

ストレート髪が号泣しながら走り去り、ウェーブ髪が後を追っていく。

ええ……？

「あ、あの、ありがと、安芸くん」

「いや、自爆じゃないかな、今の。高校デビューであることを隠してそうだったし、それを指摘したら追い出せるかなって思ったんだけどさ」

アホでよかった……。

本当に、俺の対応は遅かった。なにもできていなかったと言ってもいい。何度でも思うが、小麦なら絶対もっとうまくやれてた。

いや、もう派手な一年生女子二人のことは置いておく。

問題は二つ結び女子のルーズリーフを台無しにしてしまったことだ。

もはや取り返しがつかない。

「……んんっ？」

鳩尾さんの行動に思わず声が漏れた。

鳩尾さんはシュレッダーに装着されているゴミ袋を取り外しだしたのだ。

袋の中身の上のほう、今しがた裁断された紙片があるだろう部分を、長机の上に広げる。

まさか、と思いながら眺める俺をよそに、鳩尾さんはパイプ椅子に腰かけると、ひとつひとつ紙片を確認して、選り分け始めた。

「鳩尾さん、もしかして」

「うん、ルーズリーフ、元に戻す」

鳩尾さんは俺のほうに目を向けもせず、意思のこもった声で言った。

「これ、結構古いシュレッダーでしょ。あんまりカットが細かくないもん。中に入ってるのはコピー用紙がほとんどだからルーズリーフなら特徴的だし。根気さえあればできるよ」

確かに鳩尾さんの言うとおりだ。

縦横に裁断されていたらお手上げだったろうが、短冊形に細長い形であれば、復元の芽はある。だが、この大量の紙ゴミの中から正解パーツを選んで復元するなんて、言うほど簡単ではない。考えただけで失神しそうだ。

でも、やめたほうがいいなどとは言えなかった。

黙々と一心不乱に作業をする鳩尾さんの姿がやけに眩《まぶ》しく見える。

その愚直なまでのまっすぐさがなぜか小麦と重なった。

鳩尾さんと一緒に過ごせば過ごすほど、小麦と似ているところがちょくちょくと見つかり始める。

俺は無言で鳩尾さんの隣に座ると、紙くずの山に手を伸ばした。

8

「で、……き、た――――――！」

「……っしゃあ！」

パチンッ‼ と部室にハイタッチの音が響く。

午後八時直前、下校時間ギリギリだ。

一度俺が職員室まで居残りを申請しに席を外した以外は、ひたすらルーズリーフをピックアップし、パズルを解き、継ぎ合わせていた。

綺麗に元通り！ とまではいえないが、文字が読める程度には復元できたと思う。

達成感の直後、気が抜けて疲労が一気に襲ってくる。

ずるずると椅子から滑り落ちかけてなんとか止めた。

「ふふ、あー、よかったー……」

鳩尾さんの安堵《あんど》の声。滑り落ちかけたままの低い位置から隣を見上げる。浮かべられている微笑みが想像よりもずっと穏やかで、少しどきりとした。

「鳩尾さん、集中力すごかったね」

「そっかな。だって、さっきの女の子にとって、これはきっとすごく大切なものでしょ?」

「そりゃわざわざ探しに来たわけだしね」

「うん、だから絶対返してあげたかったんだよね。だって、わたしも諦めかけてた大事なものが手元に戻ってきたときうれしかったからさ」

「へえ」

「あはは、他人事みたいな顔してー。安芸くんに関係ある話なのにー」

「え?」

鳩尾さんは、こほん、ともったいぶった咳《せき》をした。

「あのね。わたし、一年のとき、昇降口のところで、人とぶつかった拍子に髪につけてたピンを落としちゃったことがあって。どっか飛んでっちゃったんだよね」

「あ、今つけてる小麦とおそろいのピン?」

俺は鳩尾さんの前髪を留める二等辺三角形に目をやる。

「んーん。これとは別のピン。それ、実は小さいときから大事にしてたやつでさ。でも、そんなん言われても相手も困るでしょ? 事故なんだし。だから、安物だし気にしないでってごまかして、その人を見送ったあと、そのまま諦めるつもりだったんだけど。ちょっとため息ついちゃってさ」

「……」

「そうしたら、なんか、通りがかりの報道部の人が一部始終を見てたらしくてね。今のため息からして本当は大切なものなんじゃないかって。違うよーって言っても、わかった、でも勝手にやらせてもらうね、って顔を地面につけて這《は》い回って一生懸命探してくれて、靴箱の隙間《すきま》から見つけ出してくれてねー」

「……赤地に白の水玉柄のパチッて止めるピン？」

「そうそうそれ！　んふふ、思い出してくれた⁉　通りがかりの報道部員さーん」

「あ……ったね、そんなん」

　言われてみれば、去年、確かにそういうことがあった。

「えー？　わたし、そんな印象薄いの？」

「いや、そんなわけない。そもそも、そのときもう顔見知りだったよね、俺と鳩尾さん。去年は取材でいろいろなとこ行ってて落とし物は結構拾ってたから、俺にとってはそんな大したことじゃなかったっていうか」

「えー、そーなの？」

「でも、なんか今じわじわ思い出してきた。あのピン、小さいときから大事にしてたっていうだけあって、ちょっと子供っぽいなーとか思った覚えが」

「そっかー……」

　鳩尾さんが心なしかしゅんとしている。

しまった。悪口みたいな感想を馬鹿《ばか》正直に言ってしまった。

学習能力死んでんのか、俺。

「い、いや、でも可愛かったよ、あれ」

「あのピンね、結構古くなってたし、落ちてたらゴミに見られてもしょうがなかったくらいなんだよ。でもわたしにとってはすっごく大切なものでさ。安芸くんが丁寧に扱ってくれたのがすっごくうれしかったんだ」

鳩尾さん………。

いやいやいやいや！

くすぐったそうな笑顔に心が洗われて流されそうになったけども！

それ、惚れっぽすぎないか⁉

悪い奴に騙されないかちょっと心配になってくるなあ。

「だからね、今日は、わたしも安芸くんを見習ったの」

「俺を買いかぶってるって。ルーズリーフを繋ぎ合わせることを即断できる鳩尾さんのほうがすごいよ」

「うえっ？　褒められちゃった！　わーい！」

鳩尾さんは元気よく万歳《ばんざい》したあと、一転してニヤリと悪ぶって唇を歪めた。

「……でも、わっかんないよ～？　こういうことしたら安芸くんがわたしのこと好きになってくれるかもって下心満載の行動かもしんないよ？　ちょろーいって心の中で舌出してるかもよ？」

「下心だけでこんな手間がかかることするの？」

「欲望の力を舐めてもらっちゃあ困るよーげへへ」

「絵に描いたようなゲスな笑いを……」

「ホントに」

ふと、鳩尾さんが真面目な顔つきになる。

「ルーズリーフ直したのって褒められるようなことじゃないよ。だって原因がわたしにあるんだから」

「え？」

「あの一年生二人、ここにわたしがいるから来たんでしょ」

「はあ？　そんなこと言い出したら、部長なのにもかかわらずやすやすと部外者を入室させた俺の責任だって」

「んーん。わたし、二人に注意することすらできなかったし。あのね、わたし、事なかれ主義っていうか、すぐ愛想笑いとかしちゃうし、怒るべきとこで怒るのとか、すごく下手で、それが嫌なんだけど、でも、なんかね、あはは、どうにもダメダメでー……」

鳩尾さんは、両手を上げておどけようとして、へにゃ、と力なくうなだれた。

「……小麦ちゃんみたいになれればいいのになあ」

「加二ができなくて鳩尾さんができるってことだってあるよ」

それこそ数日前、加二とクラスの男子の間の冷え冷えとした空気を吹き飛ばしたのは鳩尾さんだ。

「んー……」

「同じ種類の人間ばっかだったら環境の変化で全滅だよ。いろんな個体がいるからこそ誰かが生き延びる。それこそが生存戦略！」

俺の言葉に目をぱちくりしたあと、鳩尾さんがくすくすと笑い出す。

「慰め方のスケールおっきいなあ、安芸くん」

「慰めとかではなく事実を言ってるだけだよ」

「なーんか、また惚れ直しちゃうなー。でも、これ以上わたしに一方的に好きになられても、安芸くん困っちゃうね？」

「まあ……、そうだね……」

「あはは っ、そこは厳しいんだ⁉」

適当に濁《にご》せばよかったか？

でも、余計な期待を持たせるほうが残酷《ざんこく》じゃないか？

「たとえばさ」

「うん？」

「わたしが小麦ちゃんみたいな個体だったら、安芸くんに好きになってもらえたのかな？」

「そ、――――……」

なに絶句してんだ、俺。

今だけは絶対に黙ってはいけない場面だ。

鳩尾さんのは他意のない無邪気な問いかけだ。小麦の名前を出したのは、自分が小麦に憧れているから。

俺が下手に動揺したせいで、小麦が元カノだなんてバレたら目も当てられない。

しかし、焦れば焦るほど言葉が出てこない。

「やばっ、もう裏門しめられちゃうね、急ごう！」

「あっ？　ああ、そうだね、帰らなきゃね」

正直、助かったと思ってしまった。

俺と鳩尾さんは慌ただしく部室を後にした。

答えられなかった質問が頭の中でぐるぐる回っている。

――鳩尾さんが小麦みたいだったら。

だとしても俺は鳩尾さんを好きになるだろうか。

鳩尾さんは、すごくいい子で、可愛くて、小麦がいなかったら、告白を断らなかったかもしれない。

でも、小麦みたいなら、とか、小麦がいなかったら、とか、無意味な仮定だ。

俺は小麦を忘れられない。

だから鳩尾さんのことを好きになれるわけはない。

俺なんかのことを好きでいるせいで、この子が傷つくことになるのは、嫌だ。

9

——最も重要なことはド頭で記さなければなりません。

報道の入門書にもあるド基本中のド基本のテクニックです。

物語を書くときのような起承転結とは違うのです。記事の情報濃度は逆三角形で作ります。

5W1Hが第一段落に全部来て、ケツに向かうにつれて重要度が低くなっていきます。

そうすれば記事をどこで切られても最低限伝えるべきことは残りますからね。

ただしこれは権限を持った編集者《デスク》のためだけにやるわけではありません。

だって、記事を切り取る人はほかにもいますものね。

誰かって？　むろん、読み手です。

人々は、驚くほどに最後まで記事を読みません。ウェブ記事でもそう。リンク先まで飛んでくれる人間なんてド希少もいいところで、その層に向けて記事を書くと痛い目を見ます。エンタメでさえも可処分時間の奪い合いのこの世の中、ましてやお堅い新聞記事をや。もはや読まれるのは見出しだけと思っておいてください、クソが――。

以上、時々口が悪い前部長の教えだ。

記事の構成の話をしているようで、前部長の真意としては、多分こう。

――情報の受け手側はじっくり真偽判定なんてしてくれませんからね。フェイクやデマが広まるのなんか一瞬です、炎上お気を付けあそばせ――。

うん。

まったくもって、そのとおりだった。

食品や工業製品と違って、情報ってのは品質保証がなくても出回ってしまう。

『今の報道部って入部と引き換えに自分の恥ずかしい秘密を打ち明けないといけないって……』

『なんか泣いてた人いたらしいじゃん？』

『無理やり秘密を暴かれそうになったとかって聞いたよ』

『へー、部員少ないし逃げられないためになのかな』

『情報悪用するつもりってこと？　サイッテー』

昨日のストレート髪に対する俺の行動がそういうことになるのか⁉　それとも、アホっぽかったウェーブ髪が第三者に話してそれが変なふうに広まったのか?

ともかく、こうなるともうどうしようもない。

実際、鳩尾さんがクラスの奴に真偽の程を確認され、そんな事実はないと否定していたが、相手はまだどこか疑わしげだった。

「やー、なんか、部員を集めるのが難しくなっちゃったねえ」

「みんなが噂話に早めに飽きてくれることを願うのみだよ……」

放課後。

俺と鳩尾さんは並んで廊下を歩きつつ、二年六組の教室に向かっている。

休み時間を使って探し当てておいた、二つ結びの女子のクラスだ。

目的はもちろん、ルーズリーフの返却。

「あの子、まだ教室に残っててくれるといいけど。……あっ!」

「え? …………っ!」

二つ結びの女子がちょうど廊下に出てきたところだった。が、彼女はこちらの存在に気付いた途端、逃げ出そうとした。

「待って!」

「ひっ……!」

鳩尾さんがとっさに二つ結びの女子の手首を摑む。

はっ、と、女子はなにか恐ろしいものでも見るかのように、鳩尾さんの顔に目をやった。

そこまで驚かなくてもいいと思うのだが。

「えっ、あっ、あの、もう報道部とかかわりたくないっていう気持ちもわかるけど、これだけ返したくて……」

「……？」

女子は鳩尾さんが取り出した継ぎはぎだらけのルーズリーフを見て首を傾げる。

「う、うん、そうだよね、わかんないよね、あのね、元の状態とはかけ離れてるけど、でも、文字は読めるくらいには戻ってるから、その」

「え……？」

震える手で女子がリーズリーフに手を伸ばす。

「……これ、私のためにわざわざ修復してくれたんですか……？」

「もっちろんだよ！」

「昨日は本当に申し訳ありませんでした」

女子とのやりとりは鳩尾さんだけで十分で、もはや俺の出る幕はないのだが、部長として謝罪を添える。女子は俺に視線を寄越した。穴があくんじゃないかってくらい見つめられる。その後、ふ、と笑われる。……な、なんだ？　大切なものが戻ってきて情緒不安定になってるのか？

「あの、あ、あ、ありがとうございます……！」

二つ結びの女子はうるんだ目で鳩尾さんを見つつ、ルーズリーフを大切そうに胸に抱きしめた。


「わたしと安芸くんの初めての共同作業が実を結んだね！」

「……表現が若干引っかかるけど、よかったよ」

「報道部には悪い印象がついちゃったけど。こうやって地道に活動していけばいいんじゃないかな？　さっきの子も感謝してくれてたし」

「そうだね。ルーズリーフのことは正直マッチポンプ感が否めないけど、遺失物を利用したイメージアップ作戦というのは一案としてはアリかも」

「怪我のこうみょー！　忘れ物配達屋さんとかしちゃう？」

部室に向かいつつ、鳩尾さんと報道部の今後を話し合う。

有意義な意見交換。

鳩尾さんはすぐに辞めるかもな、なんて疑っていたのが申し訳なくなってくる。

先入観にとらわれていた。

自分を疑うことの必要性を前部長が時々口にしていたのに。

そう、報道ってのは色眼鏡《いろめがね》を外すことから始めるべきなんだけど。

偏見や固定観念を拭《ぬぐ》い去るのはなかなかどうして難しい。

「あれ、小麦ちゃんだー！　おーい！」

部室の少し手前で鳩尾さんが駆け出した。小麦の姿を見つけたのだ。

「報道部に用事ー？」

「いえ、通りがかっただけよ」

仲睦まじいのは結構だが、二人そろうと二人とも俺をスルー気味になるのが若干寂しい。

「今帰りなのか、加二？」

「あら、いたの」

「いるよってか、こっちの台詞じゃないか？　なんでお前こんなとこに」

「職員室に用があったの。バイトの申請許可証更新でちょっと手間取っちゃって」

「へー、そんなんあるんだねー」

「つうか、鳩尾さんとお前っていつも一緒に帰ってた、よな？　鳩尾さん報道部にずっと出てるけど、いいのか？」

「そうね……。安芸が桜子を独り占めしてるのね……。先に桜子と仲良くなったのは私なのに……」

軽く聞いたら、思いの外深刻な答えが返ってきた。

遠い目をするな。

「こっ、小麦ちゃん⁉　うわあーん、寂しくさせてごめーん！」

「ちょ、ちょっと、冗談だってば。もう、大げさね」

小麦は抱き着いてきた鳩尾さんの腕をそっとほどく。言葉と態度だけなら迷惑がっていると受け取れるが、目元は優しく細められていて、いとおしいものを見るときのそれだ。

じゃあああとはお若い二人で、ってテンプレを俺が言いそうになるわ。

「私のことは本当に気にしなくていいから、安芸と一緒にいてね。あの手紙、本当に薄気味悪かったし」

脅迫状（仮）のことだ。


——私のほうが先に好きだったのに。——


コラージュされた文面は今見ずとも脳内再現できるほどのインパクトがあった。

「あんな逆恨みの手紙を出せるなんて、差出人はどういう神経してるのかしら」

「見知らぬ人からでも知り合いからでも嫌だな。いや、知り合いのほうが嫌か」

関係性が濃いほうが怖い。恨みのこもった手紙を出しておいて、何食わぬ顔でそばで生活してるなんてそら恐ろしい。

「うえー……？　あの手紙を友達が出してきたのかもーとか疑うのやだなあ……」

「ちょっと安芸、むやみに脅さないで」

小麦にたしなめられた。

普段の小麦よりも、少しピリついている気がする。それだけ鳩尾さんが大事ってことなんだろうけど。

「お、脅したつもりはなかったけど。ごめん」

「桜子、不安になることなんかないわ。少なくとも、私は桜子を裏切ることなんてないから、安心しなさい。――絶対に、裏切らない」

小麦はひたりと鳩尾さんを見据えた。

「か、かっこいい――……！」

鳩尾さんは顔を両手で覆って身悶《もだ》えている。

「安芸、桜子のことちゃんと守ってあげてね。桜子を傷つける奴はたとえあんたでも私が絶対許さないから」

「お、おう」

俺だって傷つけたくなんかないに決まってる。でも鳩尾さんの想いに応えないという方向性では傷つける可能性があるので、思わず口ごもった。

「じゃあ、そろそろ行くわね」

小麦は颯爽と去っていった。

「ねえねえ、安芸くん。小麦ちゃんって初恋泥棒って感じだよね～！」

「はは……」

鳩尾さんがとんでもないことを言い出した。

実際、俺の初恋は小麦なんだから乾いた笑いしか返せない。

「わたしの初恋は安芸くんなんだけどね？」

「はっ⁉」

えへー、と頬を赤らめてはにかむ鳩尾さんに、俺は思わず言葉を失って固まった。

「あはは、驚きすぎー。言ってなかったっけ？」

「は、初めて聞いた」

「照れますなー」

「鳩尾さん初恋、遅いんだね」

「そーかな。そんなこともないんじゃないかな。んー、基準がわかんないや。安芸くんの初恋っていつなの？」

「…………………秘密」

「なぁにその間？」

鳩尾さんがくすくす笑っている。

いや、俺の初恋って、結構特殊な気がするんだよ。

10

思春期というか第二次性徴期というか、小学校高学年から中学生の頃、俺は周囲の人間が恋をしているのが不思議でしょうがなかった。

俺には好きな相手なんて現れなかったからだ。

でもそれは大いなる勘違いだった。

実は俺はすでに恋に落ちていたのだ。

小学三年生の教室で、小麦が俺を冤罪からかばってくれたあの瞬間に。

ただ、そこで感情のラベルを貼り間違えてしまった。

小麦への気持ちは恋心ではなくて、尊敬だとか友愛だと認識していたのだ。

だから、小麦に別れを切り出されたときもショックを受けてはいなかったのだ。友達に戻ったことに、少しほっとしてさえいた。

だけど、小麦と別れてしばらくしてからのこと。

『……加二釜さんのこと、好きなんだけど』

俺の知らない男子が小麦に告白していたのを偶然目撃した。

小麦は断っていたが、それでも俺はかなりもやもやした。

想像してしまったのだ。

小麦が俺以外の奴と手を繋ぐかもしれない、と。

俺ともしたことがないキスをするのかもしれない、と。

俺よりもそいつと楽しく過ごす時間が増えるのかもしれない、と。

考えただけで吐きそうだった。

この嫌な気持ちはどこから来るんだ？

熱が出るほど考えて考えて考え続けて。

数日後、『安芸、もしかして体調悪いの？』とふいに小麦に顔を覗き込まれ、間近で目と目が合ったそのときに、俺はようやく理解した。

――――ああ。

俺、小麦のことが好きなんだ。

もうずっと前からそうだったんだ。

だけど、初恋に気付いたところで、すべてあとの祭りだった。

恋心というものを認識できるようになると、過去の解像度が上がった。

小麦はカップル割引目的で交際を申し込んできたわけではなかった。

俺のことが本当に好きでつきあっていたのだ。

そんなことすらわかってなかった俺は、小麦に対して恋心がないということを包み隠さず表明していた。なんと言っても当時の俺は真実最高マンで馬鹿正直者だったたから。

『友達のほうが楽しかった』なんて別れの言葉を小麦が言ったのは俺のせいだ。

思い返せば、小麦はその言葉を口にしたとき、なんだか苦しそうな顔をしていた気がする。

あ――――っ、俺のばか。

小麦に対して残酷で無神経なことをたくさん言って傷つけた！

なにが真実最高マンだよこの野郎！

なんでもかんでも口に出していた俺は、これをきっかけにして、言わないことがいいことがあると学んだのだ。

苦い真実は良薬でもなんでもなく、誰にでも飲ませればいいというわけじゃない。

俺が小麦に恋をしていると自覚したときには、小麦はもう俺に恋をしていなかった。

悲しきすれ違い。

俺のせいで別れたのに、今さら気持ちを伝えるなんて図々しいことはできない。

せめていい友人でいられるようにしよう。

そうして、俺は受験にかこつけて、さり気なく小麦と距離を置いた。

恋心が自然消滅するのを待ったのだ。

でも、無理だった。

今年、同じクラスになって、小麦が接触してきて、鳩尾さんを紹介してきたことで、俺はまだ小麦を好きなんだと思い知った。

想いを告げるつもりはない。

小麦と鳩尾さんの友情の邪魔はしない。

だから、こっそり好きでいるくらいは許してもらえないだろうか。


鳩尾さんが報道部に入ってから十日程度経過した頃。

「ちょっとちょっと、もしかして玄くん⁉」

「えっ⁉　あ、お久しぶりです、っておい、柴田っ！　こらっ！」

日課の夜の散歩に出ていた俺は、小麦の母親と会った。

柴田が甘えるように小麦の母親の足にじゃれつく。

「やーん、そんな大人な挨拶するようになっちゃったの？　もー、玄くんたらちょっと見ないうちに大きくなっちゃってぇ。柴田ちゃんも元気だったあ？」

小麦の母親は童顔であっけらかんとしていて、外見も性格もあまり小麦と似ていない。でも、柴田は小麦に対するときと同じようなはしゃぎ方をする。

加二釜家の人間によく懐いているのだ。

柴田を拾ったことがきっかけで、加二釜家とうちの間には昔からちょっとした交流があった。

そもそもご近所同士なわけだし。

小学校の運動会でうちの家族が誰も来られなくなったとき、加二釜家が昼飯に誘ってくれたこともあった。そのときは小麦が握った爆弾おにぎりを食わせてもらったんだった。

母親同士は特に仲がよく、双方の家庭事情が筒抜けになっていたこともあったが、それでも、俺と小麦がつきあっていたことは誰も知らない。

「玄くん、イチゴ好きだったよねえ？」

「好きですよ」

「よかったー、うち今いただきもののイチゴが大量にあるんだけど、ちょっと寄ってってよ、持っていってくれない？」

だからこういうふうに娘の元カレをあっさり家に誘ってしまうのだ。……いやまあ、この性格なら別につきあおうが別れようが同じように言うかもしれないけど。

「き、気持ちだけで」

「もー、遠慮しない！　もらえるものはもらっときなさいって！」

「いや遠慮とかじゃなくて」

「よーし、決まり。急げ急げえ、ほらっ、柴田ちゃんも！」

「えっ、あのっ……！」

小麦の母親が柴田のリードを俺の手からかすめ取っていってしまい、俺は強制的に加二釜家にお邪魔することになってしまった。

白壁の一戸建て住宅の玄関に足を一歩踏み入れた瞬間から、俺はものすごく緊張していた。

小麦への恋心を自覚してからは初来訪だ。

本当に、なんだよこの展開は。

ここに来たのは中二以来だけど、以前はなにも感じなかったのに。

玄関先で途方に暮れる。

「玄くん、ちょっと待っててねえ。あっ、小麦ー！　あんたまだお風呂《ふろ》入ってないのお？　小麦ぃ！　小麦ったらあ！」

小麦の母親が二階に向かって叫んでいる。俺は慌てて制す。

「あ、あのっ、それよりイチゴは」

「やだもー、あの子ってば絶対寝ちゃってるよねえ、これ。玄くん、私がイチゴ準備しとく間に、起こしてきてくれない？」

「は……？」

こうして。

俺は今、小麦の部屋の中にいる。

いやっ、なんでだよ⁉　断れよ、俺！

小麦の部屋は俺が昔来たときとさほど変わっていない。

白を基調としている、よく整頓されたシンプルな部屋だ。

電気つけっぱなしの中、小麦は部屋の中央の小さなローテーブルに片頬をつけて寝ていた。

家だから油断しているのだろう。あどけなくて可愛い。

別に香水ふりまいているとかじゃなかろうに、部屋の中はすごくいい匂いがしている。

なんか変態くさいな。匂いだとか俺はなにを知覚しているんだ。感覚が鋭くなっている。小麦のことを友達だと思ってこの部屋に入ったときとは気持ちが全然違う。

正気でいられる気がしない、どう考えても長居すべきじゃない。

小麦を起こすという任務をさっさと遂行するしかない。俺は小麦のそばに片膝をつく。

「加二、起きろって。早く起きろ」

「んー……」

小麦に直接触れるのがはばかられて、ばんばん机を叩く。俺のためにも本気で早く起きてくれ、むずがるような鼻にかかった声に頭がどうにかなりそうだ。

しばらくして、うとうとしながらも、小麦はまぶたをゆっくりと持ち上げた。とろんとした目に、なにかいけないものを見ている気分になる。

「……玄……？」

は？

なんで下の名前で呼ばれたんだ、今？

「どこ行くの、玄、どうして、私が――」

「え……、か、加二……？」

小麦はゆるゆるとこちらに手を伸ばしてくる。

小麦の眉間には辛そうに皺が寄せられているが、瞳はぼんやりとしていていまいち焦点が合っていない。寝ぼけているのか……？

頬に触れそうになる手に、俺はごくりと生唾《なまつば》を飲み込む。だが、小麦の人差し指と俺の頬との距離がゼロになるその寸前――。

「…………え？　え⁉　ちょっ、なんでここに玄が……⁉」

小麦は目をぱちぱち瞬きをしたかと思うと、いきなり覚醒《かくせい》した。

ガバッ！　と勢いよく起き上がり、背中が壁にくっつくまで尻で後ずさった。

「い、いや、その、柴田の散歩中にお前の母親に会って、風呂入るようお前を起こしてこいって頼まれて、それで」

俺は立ち上がり、しどろもどろになって弁明をする。

悪いことはなにもしていないはずだけど、小麦からしたら不法侵入者でしかないし、変に言い訳するより、もうさっさとここから俺は出ていけばいいのはわかってる、けど、でも。

「お前、今、もしかして、昔の夢、見てたか？」

これを受け流すことなんかできなかった。

玄。

俺が小麦にそう呼ばれていたのは、つきあっていた期間だけ。

一瞬びくりと肩を震わせた小麦は。

少し間を置いてから、はあ、と肺の中のものすべてを出しそうなほど深い息を吐いた。

「そうよ、本当に悪夢ね」

「悪夢」

「私、安芸とつきあったの、後悔してるのよ」

「……後悔」

俺はおうむ返ししかできない。

「桜子に変に気を回してほしくないからつきあってたことを黙ってるけど、大事な友達に隠し事があるって、つらいのよ」

なんでだろう、小麦はやたらと早口になっている、気がする。

小麦の目はまるでやましいことをしたときのようにうろうろと泳いでいる、気がする。小麦の口は開いては閉じなにかを言い淀《よど》んでいる、気がする。

おかしいな、俺は小麦の顔を見て小麦の声を聞いているはずなのに、脳みそが逃避をしようとしているせいか、目の前のことが情報としてうまく入ってこない。

「……私、できることなら、つきあっていたことをなかったことにしたいくらいよ」

瞬間。

俺は頭をぶん殴られたのかと思った。

自分の意識だけが自分の体から離れていくような妙な浮遊感。

指先がやたらに冷たくなってくる。立っているのが精いっぱいだ。

「安芸だってそうでしょ？　なにを血迷ったのかしらね、あのとき。恥ずかしいわ。友達同士でいるのが一番よかったのに、ホンット、ばかみたいよね」

小麦はうつむいてしまっていて、表情はなにも見えない。

「今さらだけど、安芸に謝らなくちゃね。友達としか思ってない相手から恋心持たれるなんて、ぞっとしたでしょ」

小麦の声には不自然なくらいに自嘲《じちょう》する響きがある。

「友情への裏切りよね」

俺は返事をすることができない。

同意しなければならない。ちゃんと友達の振りをしなければならない。

恋心が小麦に伝われば、俺は小麦を傷つけてしまうのだから。

小麦を傷つけるなんて、もう二度としたくない。

なのに、言葉がなにも出てこない。

「本当に申し訳ないことをしたわ、ごめんなさい」

小麦の過去への謝罪は、現在の俺を打ちのめすには十分なものだった。

高い高いビルの屋上から、とん、と背中を押されて真っ逆さまに落ちていくような感覚。

小麦は俺のことを友達だとしか思っていないんだから、今の小麦にとって——俺の恋心は、ぞっとするほど迷惑で、裏切りで、謝るべきことなのだ。

そんなことくらいわかっていたはずなのに、俺の頭の中は真っ白になっている。


その後、どうやって加二釜家を出ていったのか覚えていない。


「——安芸くん、なーんか今日変だね？」

「え？」

翌日、放課後の部室。

顧問に加えて広まった悪評のせいもあって新入部員は来ず、しかし噂の恩恵か鳩尾さんに絡んでくる不届きな輩《やから》も現れない。

だから今日も俺と鳩尾さんは、この場所に二人きりでいる。

「心ここにあらずーっていうか、……悲しいことでもあったの？」

「気にしないで」

「でも、泣いてるじゃーん」

「えっ……」

「うそうそうっそー」

かまをかけられただけらしい。

試された、と、むっとするべき場面だろうに、意識がぼんやりとしていてなにも思わない。

「自分が泣いてるかどうかもわかんなくなっちゃうくらい、すごーく悲しいことがあったってこと？」

「別に……」

「うーそ。声とか表情がいつもと全然違うもん」

鳩尾さんがおもむろに立ち上がる。部長席までやってきて、俺の背後に回り込む。

なんだろう、と振り向いて見上げる間もなく。

きゅっ、と後ろから抱きしめられた。

――――え。

後頭部で柔らかく潰《つぶ》れる胸のふくらみと、ふわりと鼻腔をくすぐる甘い香り。

あったかいな、いい匂いだな、と思った。思えていた。なにもかもが遠くで起こっているような無感覚が昨日からずっと続いていたはずなのに。

鳩尾さんの鼓動の音すら伝わってくる。

とくん、とくんという一定のリズムはあまりにも心地よかった。

鳩尾さんは、腕を巻きつけたまま、俺の頭をぽんぽんと撫でた。幼い子供をあやすときのような優しい力。安心感に包まれて、俺の体も心もとろとろとゆるんでいく。

いや。

だめだ。

なにをうっかり鳩尾さんに身を任せてしまいそうになっているんだ。

俺は慌てて鳩尾さんの体を押しのける。

鳩尾さんは俺がそうすることをわかっていたのか、そんなに驚いてはいなかった。

「どしたの」

「……やめてほしいんだけど」

「えー」

「今優しくされたら鳩尾さんの気持ちを利用しそうになる」

「ん？　利用って……。あの、それってさ」

俺はもう本当に口を縫ったほうがいい。

利用だなんて言ったら、落ち込んでいる理由を白状したも同然だ。

——失恋を癒すには新しい恋とかよく言うし、その元カノさんを忘れるためにわたしを都合よく使ってみてはどうかなっていうご提案？

鳩尾さんがこの部室に初めて訪れたときに言った言葉と、今の俺の姿を結びつけたら、俺になにが起こったのか推察するのはたやすいだろう。

「もしかして、安芸くんの元カノさんとなにかあった？　だから悲しんでるの？　んーと、再起不能なくらいバッサリ振られちゃったとか？」

やはり、見抜かれてしまった。

「安芸くんは純情だなー。わたしがこの瞬間を狙ってたかもーとは思わないの？　傷ついて弱ってるところにつけこもうとして近くにいたの。おいしくいただいちゃいますぞー」

「……そうやってふざけて悪ぶって、俺が流されたとしても言い訳の隙間を与えてくれてるんだろ。俺が決断したんじゃない、鳩尾さんのせいだからしょうがないって」

俺の心の負担や罪悪感を軽減しようとしてくれているんだ。

そんなの俺が楽になるぶん、鳩尾さんが苦しむことになるだろうに。

「えー？　わたしの評価高いなー」

「鳩尾さんが真面目な人だって、この短いつきあいでだってわかってる」

「あはは、もー、お堅いんだからー。そういうとこ、小麦ちゃんに似てるね？」

鳩尾さんは場違いなほど明るく笑い飛ばす。

小麦。

こんなタイミングでその名前を出されて、俺は喉が詰まった。

「あのねえ、忘れたの？　そもそもわたしの一割は安芸くんのものなんだよ」

「は……？」

「だから、所有権は安芸くんにあります。ドウゾ、ご自由にご利用クダサイ」

機械のような抑揚のなさでそう言うと、鳩尾さんは再び俺の体に腕を絡めてきた。

もう一度振り払え。

そうやって頭は指令を出しているのに、体が動かない。

どろりとした汚泥に足を取られ、埋もれていく。口元まで沈み込んで、息すらできないような錯覚。

アホかよ、鳩尾さん、と思う。

この腕が、この胸が、このぬくもりが一割だなんて、そんな贅沢な話があってたまるか。

ああもう、せめて鳩尾さんにドン引かれるようななにかを口走れ、俺。

逆に詐欺だ。

自主的に離れてもらえ。

だけど、俺は口を開くことができない。

歯を食いしばっている。自分でも気付かないうちになにかに耐えている。

「……安芸くん」

優しく囁かれて、ふっ、と、体の力が抜けた。

同時に、一滴、二滴と俺の目から水滴がこぼれ落ちていった。

あ？　なんだこれ。なんの涙だ。だめだ。止まらん。

鳩尾さんは、声を押し殺して泣く俺に当然気付いていただろう。

だが、なにも言わず、ただずっと俺のそばにいてくれた。

――鳩尾さんに対してならば、俺の恋心は迷惑なものにならないのか？


「……ありがとう、鳩尾さん」

涙をぬぐって眼鏡をかけ直し、俺は立ち上がる。

真正面から鳩尾さんに頭を下げた。

「もー、わたしはなんにもしてないよ。……元カノさんのこと、諦めなきゃいけないって、つらいよね？」

人に見せられないほど情けない表情になっていそうで、俺は顔を上げられない。

「でも、いつまでも未練があると、迷惑になっちゃうかもしれないもんね。元カノさん、困っちゃうんじゃないかなぁ……」

そう、迷惑だ。

俺の気持ちは小麦にとって迷惑なんだ。

報道部に所属して、世間のニュースに敏感であれと前部長に教えられた。だから俺はセクハラ事案だとか告白ハラスメントだとか、その手の情報に人より多く触れているはずだ。

なのに、俺は、心の底では、自分の好意が誰かに苦痛を与えるかもなんて昨日まで考えてもいなかったんだ。わかったつもりになって、自分だけは別だって思っていたんだろう。

ばかだ。救いようがない。

自分のことってなんでこんなに鈍感でいられるんだろう。

いくら視力がよくても自分の眼球は見ることができないってのと同じか？

だけど、もうきちんと理解している。

俺はもう恋愛感情を小麦に向けることさえ許されない。

なにかの拍子に勢い余って、小麦に気持ちを伝えなくてよかった。そんな失態を犯す前に気付けて、よかった。本当によかった。

「ねえ、安芸くん。そんなに辛いならさ。元カノさんを諦めるために、わたしのこと利用するってのはどうすかー？」

前にも一度鳩尾さんに同じことを聞かれた。

「——だから、それは、だめだって」

「わたしのこと、どうしても好きになれそうにない？」

鳩尾さんがどういう表情で喋っているのか見たくなくて、やっぱり俺は顔を上げられない。

俺は、かつて恋愛感情を向けられないままに小麦とつきあった。

それで小麦を傷つけた。

後悔しかない。

今、鳩尾さんに甘えたら同じ過ちを繰り返すだけだ。

小麦に気持ちが残ったままで――、鳩尾さんとつきあっていいと思うか？

絶対にだめだ。

「すぐに答えないってことは、わたしのことちょっとは好きってことだよね？」

「……だめなんだって」

「二股《ふたまた》するわけでもないのに？」

「俺の中では同じようなことだよ」

「誠実だなあ」

「俺は、クズになりたくない」

「クズって？」

「今の気持ちのまま鳩尾さんとつきあったら、いつか絶対鳩尾さんが傷つく。……俺は鳩尾さんを傷つけるのは嫌だ」

「安芸くんも傷ついちゃうの？　どうせ傷つくなら一緒に傷つけばいいんじゃない？」

本気でなにを言われているのかわからず、困惑のあまり顔を上げてしまった。

鳩尾さんは、柔らかく微笑んでいた。

清廉な笑みだ――この人が言っていることはすべて正しいのではないのかと思ってしまう

ほど。いや、違う、そんなはずはない。でも。考えがまとまらない、なにも組み立てられない。

「あは、わけわかんなくなっちゃった? じゃあ、それって、そもそも一人で解決できるようなことじゃないんだよ。二人で一緒に考えよ?」

「………それは」

「安心して。絶対にわたしのことを好きにさせてみせるから」

鳩尾さんの澄んだ瞳は揺らがない。

力強い言葉にすがりたくなる。

でも、やっぱり、生半可な気持ちでつきあったら絶対にだめだ。

……だめなのに、なにを迷っている。

「安芸くん。わたしのために、クズになってよ」

「……俺は」

小麦のことを吹っ切りたい。

鳩尾さんの言うとおりそれは一人では無理なのかもしれない。

「俺は……」

じゃあ、もし鳩尾さんが一緒なら――――。

「ね、安芸くん?」

上目遣いの鳩尾さんが、吐息だけで俺の名を呼ぶ。

ぐらりと地面が傾いたような感覚があった。

もしかしたら。――もしかしたら、小麦のときと同じように、実はもうすでに俺は無意識に鳩尾さんに恋に落ちている可能性だってあるじゃないか。

だったら。

「……俺は、ずるくて調子のよすぎるクズだ」

「安芸くんがずるくて調子のいいクズでよかった」

茶化《ちゃか》すようにそう言って、鳩尾さんが右手を俺の前に差し伸べてくる。

「安芸くん、わたしと、おつきあいしてくれますか?」

「……はい」

自分の声はどこか熱にうかされていた。

導かれるように、俺は鳩尾さんの手を取った。

鳩尾さんの指先はひどくひんやりとしている。

さっき触れた体はあんなにあたたかかったのに。

軽やかに話しているようで、実は緊張していたということか?

「あの、俺、本当にクズだけど、これから、鳩尾さんのことをちゃんと好きになりたいから――って、お? お、お、ど、どうした」

腰が抜けたように、へなへなと鳩尾さんがしゃがみ込む。繋がれたままの手が引っ張られ、

俺は合わせて腰を折った。大丈夫か、と、鳩尾さんの顔を覗き込む。
「……う、うれしいよぉ……」
鳩尾さんは半泣きになっていた。
いじらしさにたまらなくなる。
なんだかつられて泣きそうになってしまった。
きっと、この人のことだけを好きになれたら、毎日楽しく過ごせるだろう。
鳩尾さんには、絶対に、絶対に、やっぱり友達がよかったよなんて言わせるもんか。
俺は、鳩尾さんだけに恋をして、小麦への気持ちをを過去のものにするのだ。
俺は元々友情や尊敬と恋心との区別がつけられなかったような奴だ。
それならば、また、感情のラベルを自分で付け替えればいいだけだろう。
小麦への想《おも》いをただの友情に戻すことだって、きっと、できる。
いいや、絶対にしてやる。
そう決めた。

私のほうが先に
好きだったので。

SAKURA《小麦《こむぎ》ちゃん》
SAKURA《ご報告です》
SAKURA《安芸《あげ》くんとおつきあいすることになりました！》
SAKURA《小麦ちゃんのおかげだよ。最初はびっくりしちゃったけど、紹介してくれて、応援してくれて、ありがとう。小麦ちゃん、大好き♡♡♡♡　小麦ちゃんも好きな人できたら教えてね。協力する！》
SAKURA《あ！　前、恋人優先しなさいってわたしに言ってたけど、そんなことしないからね！　みんなで仲良くしようね♡》
自室で明日の支度《したく》をしているときに、桜子《さくらこ》から送られてきたメッセージアプリの画面を見つめて、私はほっとしていた。
よかった。本当によかった。
これで――玄のことを諦めることができる。
「小麦いっ！　お風呂《ふろ》もう抜いちゃうよおー？」

「ごめんなさい、今行く」

お母さんに返事してから、桜子に《おめでとう》と一言返信する。元々私は愛想のいいメッセージを返すタイプじゃないからこれでいい。スマホを置いて風呂場に向かう。

湯船につかってから気付く。

あ、髪の毛まとめてない。

あー……、もう。なんでこんないつも意識せずともルーティンでやってることを忘れてしまったのかしら。

ぼんやりしすぎね。

頭がうまく回らないから、考えたくないことを考えてしまう。

――玄《げん》の、嘘《うそ》が嫌いなところが好きだった。変なツボに入ってよく笑うところも好きだった。それから……。

違う。

過去形になったことなんてただの一度もない。

玄のことが好き。

つきあう前も、つきあっていたときも、別れてからも、今でも。

玄は、クラスで浮きがちな私のことを昔からなぜかきらきらした尊敬の目で見てきていた。

だから、最初は変な子だと思っていたのに。

小さな頃の玄は、他人の暴《あば》かないでいい秘密を周囲に晒《さら》してしまうようなことがあって、危なっかしくて、目を離せなくて、気付いたら一緒にいることが増えていた。

迷惑をかけるのが嫌で隠していた私の体調不良に、玄だけが気付くなんてこともあった。

人に合わせることができない私のそばにいつもいた男の子だ。

暴走もするけど、いつだって、口に出すのは本当のことばかりの子。

だから、つきあっていたときに私がした質問にも、もちろん玄は嘘をつかなかった。

『玄って私のこと好きなの？』

どうにも玄からの熱量が薄く、そう聞いてしまったのだ。

『好きだぞ』

『私と同じように？』

『どういう意味だ？』

『……恋愛感情で？』

『あー……、実はそういうの、よくわからん』

答えが返ってきた瞬間、聞いたことを後悔した。

玄が照れ隠しで言っているわけじゃないのはわかった。薄々温度差は感じていたけど、玄は私のことを恋愛的な意味で好きなわけじゃなかったんだ。

きっと玄に悪気はなくて、友人としては好きで、でも恋心だなんて嘘はつけなくて。

なのに私ったら名前で呼び合おうなんて提案して、ほかにも色ぼけた行動をとっちゃって、なんて、なんて、なんて、なんて恥ずかしい。

頭の中がぐちゃぐちゃになる。

今すぐ隕石《いんせき》が落ちてきてほしいと思った。狙撃手《そげき》に心臓を狙《ねら》われたかったし、金属バットで頭を殴られたかった。

その場から消えてしまいたかった。

独り相撲《ずもう》で、恥ずかしくて、みじめで、でも、なにもかもがなかったことになるような都合のいいことは起こらない。

じゃあ、私も友達としての関係性のほうがよかったと言うしかない。

『安芸、別れましょ。友達のほうが楽しかったから』

しばらくしてそう告げたとき、玄が明らかに安堵《あんど》していたのを見て、もしかしたらすでに隕石は落ちてきていて、もしかしたら私の心臓は撃たれていて、もしかしたら私の頭蓋は陥没しているのかもしれないと思った。

だって、どこもかしこも痛かったから。

でも、私がいくら好きでも、玄が私のことを好きじゃないなら仕方がない。

恋心は、もう邪魔だ。

玄のそばにいるには友達の振りをしなきゃいけない。

幸い、誰《だれ》も私たちがつきあっていたことは知らない。私は秘密の関係だと浮かれていたけど、玄は多分、なにも考えてなくて、他言するほどの熱意がなかっただけだったんだと思う。

私も、そしておそらく玄も、もしかして二人はつきあってるの？　なんて誰にも聞かれなかった。はたから見たらなにも変わっていなかったのだろう。

だから友達に戻るのは簡単なはずだった。私の意識だけの問題なんだから。

……だけど。恋人だったのなんてほんの三か月程度で、友達期間のほうがずっとずっと長かったのに、友達をやるのはすごく難しかった。

恋心は捨てられない。

友達に擬態している。

玄を、ずっと、だまし続けている。

それが嫌で、受験を言い訳に距離を置いた。露骨にならない程度に。

驚いたことに志望校が同じで、同じ高校に入学して、でもクラスが違うから頻繁に会うわけでもないし、このまま、恋心は忘れられるんじゃないかって思った。

玄が私に対してそう思っているように、私も玄に対してただの親しい友達だって思えるようになるんじゃないかって。

でも、二年になって、同じクラスになって、そんなの無理だって気付いた。

自己紹介をする玄を見て、心臓が跳ねて、ああ私全然友達だなんて思えてない。

かぶ。

諦めたいのに。

再起不能なくらいに振られたいのに。

もうつきあってないから振ってもらうこともできない。

追いつめられた頭の中に、ふと、一年のときに桜子がぐったりしながら言っていたことが浮かぶ。

『……あのね、さっきの人、六回も告白してきててね。好かれるのはうれしいって、この人は一途だなって、そうやって思わないといけないのかもしれないけど。ちょっと、ええとね、好きじゃない相手から好かれてるのってしんどいっていうか、怖いっていうか……。逆上されて、腕力に訴えられたらどうしようとかも思うし。でも、わたし、ちゃんとつきあえませんってことは言ってるのに。どうして、諦めてくれないんだろう。どうして、自分の好意が迷惑になるって思わないんだろう……』

モテるってことは、視点を変えてみれば、勝手にアイドル視されたり、神格化されたりして、理想を押しつけられたあげく、一方的かつ暴力的に好意をぶつけられる迷惑行為。大変なことよね。桜子が、多分、私にだけ見せてくれた本音、うれしかったわ。

でも、そうか。そうよね。

好きじゃない相手から好かれてるのってしんどい――――。

そのとおりね。同感だわ。否定する要素がひとつもない。玄だって、私が玄のことをいまだに好きだなんて知ったら、困惑して、絶対重荷に思うはず。

いい加減、もう諦めなきゃ。

でもどうやって？　自分だけで諦められるのならもうとっくにそうしている。

悩んでいた折、桜子に奇妙な手紙が届いた。

桜子への恋愛絡みの逆恨みを読み取って、私はいろいろ質問をした。

『それなら、……桜子、誰か好きな人がいるの？』

『えっと』

『いるのね？』

『……あのね』

桜子は言った。

――わたし、安芸くんのことが好きなの、と。

これだ、と思った。

これしかない。

天啓だった。

玄に恋人ができれば、きっと私は諦めることができる。

相手は誰でもいいわけじゃない、玄が心の底から好きになれる相手がいい。つけ込む隙《すき》もないような幸せオーラをふりまいてほしい。じゃあ桜子は適役だ。あんなにいい子はほかにいないもの。

だから桜子を玄に紹介することにした。

自分の未練の処分のために、桜子を利用するようで少し申し訳なかった。けど、私が桜子の身を案じたのも真実だし、玄のそばにいることが桜子にとって安全だと思ったのだって嘘《うそ》じゃない。

桜子の恋に、応援も協力も惜しむつもりはなかった。

私にとって桜子は大事な友達なんだから。

桜子との関係を、私はこの先もずっとずっと大切にしたいの。

そして、今。

もくろみ通り二人がつきあい始めた。

このあと、私は玄を諦《あきら》めて、恋人同士に遠慮して堂々と距離を置いて、恋心はいつしか消えて、そうすれば、きっと、なにもかもが元通りになるはず。

一件落着！

ざばりと湯船から立ち上がる。

気分は晴れ晴れとして清々《すがすが》しいのに、思いのほか長湯になっていたせいか、頭がくらくらして、少し焦《あせ》った。

私のほうが先に
好きだったので。

第二部 逆三角形失敗

WATASHI NO HOUGA SAKI NI SUKI DATTANODE.

1

鳩尾《はとび》さんとつきあうことになった、その翌朝。

登校途中、駅の改札を出たところで、鳩尾さんを発見した。

駅構内の柱を背にして、スマホとにらめっこしている。

どうやら鏡アプリかなにかを見ながら前髪を直しているようだ。特に乱れているわけでもなさそうなのに、やけに必死に。

これ、もしかして、……俺《おれ》を待っているってことなのだろうか。

待ち合わせの約束をしていたわけではないけど、俺のほうが登校時間が遅いっていうのは鳩尾さんはわかっていると思う。いつも自分のほうが先に教室にいるから。

そうすると、髪を整えているのも俺のため。俺に少しでも可愛《かわい》く思われたいため。

うわ、照れる。

盗み見しているようで、これ以上眺めているのが申し訳ないし、なによりむずむずする。俺はもう鳩尾さんに声をかけてしまうことにした。

「おはよう、鳩尾さん」

「えあっ⁉ お、おはよう、安芸《あげ》くん！ あははは……」

鳩尾さんは慌ててスマホをブレザーのポケットにしまい込む。

そして——沈黙が落ちた。

あれ？

おかしいな、なんで黙り込んでしまうんだろう。鳩尾さんはいつも愛嬌《あいきょう》たっぷりだ。ましてや俺は彼氏という立場になった。むしろテンション高く話しかけてきそうなものなのに。

「……鳩尾さん、誰《だれ》か待ってるの？」

とりあえず俺は白々しく聞いた。

「ち、チガウよ？」

「えっ？」

「じゃあ、わたし、先行くね！」

「えっ⁉」

俺が鳩だったら多分、今、豆鉄砲食ってる。

安芸くんのことを待ってたの、一緒に行こうよ！ という流れになると思っていたのだ。

鳩尾さん、本当にただ鏡が見たくて立ち止まってただけなのか……？

それならそれで、偶然だね、一緒に行こうよ！　ってなるんじゃないのか？

とにかく俺も通学路に踏み出す。

数メートル前には鳩尾さんの姿がある。

鳩尾さんは別にほかの誰かを待っていたわけでもないようで、一人で歩いている。でも、先に行くと言われた以上、俺は追いかけて隣に並ぶわけにもいかない。

絶対に俺を待っていたと思うんだが思い上がりだったのか。

なにか嫌われるようなことをしてしまったのか。

まさか、手に入れば興味なし、恋愛とは追いかけるものなり！　という狩人《ハンター》タイプの人だったとか……？

いや、そんなばかなことあるか。昨日の鳩尾さんを思い出せ。

俺は彼女を利用するクズのくせに、さらに彼女の純粋な気持ちを疑うなんて失礼すぎる。

理由もわからず置いていかれるのって少しキツいけど……。

「――ちょっと、なにしてるのよ」

「わあっ⁉　……あ、加二《かに》か」

自分の世界に入り込んでいたせいででかなり焦った。

後ろから早足で近づいてきた小麦《こむぎ》が隣に並んだのだ。この時間差ってことは俺の一本後の電車に乗ってたんだろう。

「すぐそこに桜子《さくらこ》がいるんだから声をかけてあげてよ……」

小麦の声には不機嫌さが滲《にじ》んでいる。

いやそれが、と、慌てて俺はことの成り行きを説明する。小麦の顔がたちまち不満そうに曇っていく。

「なに避けられてるのよ」

「俺が知りたい……」

「つきあってるんでしょ?」

「あ、ああ、……うん。つきあってる」

小麦のほうを見ることはできなかった。

俺は自然に相槌《あいづち》が打てていただろうか。

昨日、『小麦ちゃんに報告していい?』と鳩尾さんに確認され、俺は承諾した。だからつきあっていることを知られていても驚くことなんてなにもない。なのに、いざ確信を持って尋ねてこられると、少し動揺してしまう。

「おめでとう」

「……おお」

どうしても顔を見られない。

なんのわだかまりもなく祝福されるのが、俺はこの期に及《およ》んで嫌なのかもしれない。

でも、こうやって、俺に恋人がいる、つまり小麦に恋をしてないって口にすることで、小麦の迷惑にならなくなるんだ。

そういう意味でもめでたいことだろう。

じくじくと胃のあたりが痛くなるけど。

「ほらね、やっぱり桜子のことを好きになったでしょ。こうなるなら桜子が告白してきた時点ですぐつきあえばよかったのに。なんでもったいぶってたの？」

うまく答えられずに口ごもってしまう。

お前のことが好きだからだよなんて言えるわけない。

……あ、間違えた。

好きだった、から、だ。

この気持ちは過去形にしていかなければならないのだ。

「まあいいわ。それより桜子に避けられるほどのことってなにをしたの？」

「なにもしてない」

「パソコンフリーズさせる初心者ってみんなそう言うらしいわね」

「は？　本当はべたべた触ったのにって言いたいのか？」

「つまり……、もう手を出そうとして嫌われたの？」

「なにもしてねえ！　どっかで話すり替わったぞ今。適当な推理やめてくれよ……」

「適当とか寝癖つけてる人に言われたくないんだけど」

「え、俺？」

「あんた」

「マジか」

「マジ」

ちゃんと身支度したつもりだったのに。いろいろとまだ現実感がなくて、どこかぼんやりしていたのかもしれない。

「どこだ？」

「右」

「ここ？」

「逆。こっち」

不覚にもどきりとした。小麦が少し俺に体を寄せてきたからだ。

単に、寝癖の位置を指差すためだ。ただの善意だ。意識してどうする。

教えられたところを自分の掌で押さえてみると、なるほど、確かに跳ねた髪の感触。

「おー……」

「まどろっこしかった」

「……お前から見て右かと思ったんだよ」

ちょっと胸をときめかせた事実を振り払おうと、俺は頭を振った。——小麦への恋心は忘れるって決めただろうが。

「もしかして鳩尾さん、寝癖が嫌だったのかな。つきあったばっかでこんなの、自分に対して手抜きをしてるって思ったとか？」

自分は完璧《かんぺき》なのにさらに前髪を気にしていたくらいだ。でも怒ってるなんて性格上言えないから、とりあえず俺から一旦《いったん》離れたとか？

小麦が目を丸くして俺を見た。

「なんだよ？」

「……別に。安芸、案外そういうとこ気が回せるのねって思って」

「今、見くびったな？」

「さあ。でも桜子は寝癖くらいで機嫌を損ねたりしないんじゃない？　……ねえ、ばかじゃないの？」

校門をくぐったところで、突然暴言が飛んできた。

鳩尾さんとはいまだに数メートルの距離を保ったままだ。

「なんだよいきなり」

「私と一緒に登校してどうするのよ」

「え？」

「お願いだから桜子としてよ……」

舌打ちせんばかりにそう言うと、小麦は早足になった。

そのツッコミ遅くね？

俺があっけに取られているうちに、小麦が鳩尾さんに追いつく。

「お、おはよー、小麦ちゃん」

「おはよう、桜子」

「ねえ、安芸がうしろにいるんだけど、って、ああ、もしかして、そういうこと？」

小麦は、靴箱の少し前あたりで鳩尾さんの前に回り込んだ。鳩尾さんの顔を見た瞬間、なぜか得心がいった反応をした。

「え、小麦ちゃ……あっ、ええ!? や、ダメ！」

「どうせ教室は一緒なんだから」

小麦は鳩尾さんの肩を摑《つか》んで、くるりと俺のほうへ反転させた。

「――――えっ？」

思わず、すっとんきょうな声をあげてしまう。

だって、鳩尾さんはそりゃあもう恥ずかしそうにぎゅっと目を閉じていたからだ。

「う、うう。ごめんなさい。あの、安芸くんがわたしの彼氏なんだあって思ったらなんか意識しちゃって……！」

もしかして、これは俺を嫌がって避けたのではなく。

「え、駅でも本当は安芸くんのこと待ってたんだけど、なんか寝癖めっちゃ可愛《かわい》いし、わー！　ってなっちゃって……！」

俺に対して、照れたってことをごまかそうとしただけ……？

お、おお……と、変に感心してしまう。

改めて、この人、本当に俺のこと好きなんだな、と。

だけど、ここまで熱烈な反応をされてしまうと、浮かび上がってくるのは、うれしいよりも先に申し訳ない――――だ。

同じ量の気持ちを返せていないことくらいはわかるから。

でも、これからだ。

こんなに好かれていて、俺だって好きになりたいんだから、これから相思相愛になる、きっと。

「……えーと、あの、鳩尾さん、光栄です」

「えっ、あっ、恐縮です？」

俺と鳩尾さんはお互いぺこぺこと頭を下げ合う。

しばらくすると鳩尾さんはしゃがみ込んで、両手で顔を覆《おお》ってしまった。あー、やっぱ恥ずかしー、と指の隙間《すきま》から俺を見て——ふと、そのままきょろきょろあたりを見渡して、あっ、と声をあげる。

鳩尾さんの視線の先で、小麦が素早く上履きに履《は》きかえていた。

「小麦ちゃん、どこ行くの」

「どこって……教室だけど」

「なら一緒に行こうよ！」

「お先に」

小麦は足を止めることなく廊下を進んでいく。

「うわーん、安芸くん、追いかけて、早く！」

「う、うん」

リアル立ってるものは親でも使え。鳩尾さんの指図《さしず》の勢いに圧《お》された俺は、小麦の後を追った。すぐに追いついたが、軽く小麦に睨《にら》まれた。

せっかく二人きりにしてあげたのに！　とでも思っているのだろう。

でも今のは鳩尾さんのお願いを無視したほうが感じ悪くないか？

背後で、ばん！　と勢いよく靴箱の閉まる音がした。

振り向くと、鳩尾さんがこちらへやってくるところだった。——うん？

「もー、小麦ちゃんってば、変に気を使わないでよー」

「桜子」

「ん？　どしたの？」

「なんで履いてないの、上履き」

「えっ、あ、あ――――っ？　本当だっ、履き忘れてるぅ！」

なにもそこまでっていうくらい自分の靴下姿に驚いている。

しょぼん、と、音が聞こえそうなくらい鳩尾さんはうなだれた。

「うー……、やっぱりわたしちょっと浮かれすぎみたい。このまま教室行っても変なことしちゃいそうだし、ちょっと心を落ち着けてから行くね」

まあ、教室でこの調子だったら俺はきっと鬼畜部長の烙印《らくいん》を問答無用で押されそうではある。

恥辱写真かなんかを盾に、部員に即手を出したってさ。

「二人で先に行っててくれる？」

鳩尾さんの言葉に、小麦はあからさまにげんなりとしている。

「……ウブよね、桜子」

「そうだな」

鳩尾さんのお願いを無下《むげ》にもできず、俺と小麦は二人で教室に向かっている。

「あんたはなんでそんなんなの？」

「え、なにが?」

「落ち着きすぎ。桜子みたいな可愛い子とつきあえたならもっと浮かれるものなんじゃないの?」

「そ、そんなの人それぞれだろ。それにもう昔の俺とは違うんだって。なにもかもを表に出すわけじゃない。内に秘める奥ゆかしさってものを知ったんだよ。世間では、鳴く蟬《せみ》よりも鳴かぬ蛍が身を焦がすって言うしだな」

少し焦って多弁になった。

いかに仲がいいといっても、鳩尾さんは俺とつきあうことになった細かい経緯までは小麦に報告していないらしい。

当然だ。そうでなければ今日、出会い頭に小麦から天誅が下っていただろう。

小麦は、俺と鳩尾さんの気持ちの天秤《てんびん》が、きちんと釣り合っていると思っている。

もし、『実は安芸くんってわたしのことまだ一番好きなわけじゃないんだよ』とか白状されてしまった日には、軽蔑《けいべつ》されるどころの騒ぎじゃない。

確かに俺はずるくて調子のいいクズだけど、もちろんいつまでもその立場に甘んじている気はないんだ。

「仮に俺の態度が変だとしても、絶対鳩尾さんを大事にするからそこまで心配してくれなくてもいいって。だって、俺は鳩尾さんの彼氏だぞ」

「……そう」

　小麦は静かに認めてくれた。

　俺の本気を受け止めたためか、ひどく真顔になっている。

「あんた、余裕があるっていうならいろいろフォローしてあげてね」

　もちろんだ、彼氏なんだから。申し訳程度につきあった経験があるとはいえ、俺の中の彼氏なるものの引き出しはからっぽだけど。

「私も全力で気をきかせるけどね。あの子、友達を大事にするから、きっと三人で遊びたいとか言いそうだけど、それはなんとか阻止するわ」

「なにするつもりだよ」

「そうねえ……、仮病の練習でもしておこうかしら」

「……っ！」

「なによ」

「ま、真面目《まじめ》かお前。あはは」

　一気に気が抜けた。

「ええと、『オナカ　イタイ　スグ　カエルワ』とか」

「ちょ、ふはっ、なんで電報喋《しゃべ》り……！」

「は？　なによ、『アタマ　イタイ　スグ　カエルワ』のほうがいいの？」

「そこじゃないんだって、仮病下手すぎるだろ。あっはは」

「……安芸のツボ本当になんなの？」

笑いが止まらなくなっている俺を、小麦が横目で見てくる。

むかついて抗議しているのだろうか。

俺は別にばかにしてるわけじゃないんだけど。

やっぱり楽しいんだよな、小麦と話すのって。一見クールでわかりづらいけど、たまにとんでもなくボケたところがあるし、しかもそれに無自覚。

恋心云々を抜きにしても、面白《おもしろ》い奴だと思う。

俺が小麦を好きでさえなくなれば、気の置けない友人として、ただの幼なじみとしてやっていける。

きっと大丈夫だ。近いうちに、俺の一番は鳩尾さんになるに決まってる。

でも、そうだ、そのために、俺は、あえて、一旦小麦から離れるべきだろう。

鳩尾さんだけに意識を集中すべきなんだ。

2

たとえば、スマホやＰＣのパスワード入力。

大抵の人は、指先の記憶に頼って、毎回ほぼなにも考えず、習慣的に流してやっているだろうと思う。

ふとした瞬間その行動を意識する。

すると、途端になにも打てなくなってこう思うはずだ。あれ、今までなんの英数字入れてたんだっけ……?

今、放課後の部室で俺と鳩尾さんに起こっていることもそれと似ている。

鳩尾さんと俺との間に、会話がないのだ。

恋人になったことを意識しすぎている鳩尾さんにつられた。

俺も今までなにをどう喋っていたのかわからなくなってしまったのだ。

あまりにも静かすぎて落ち着かない。俺は前部長からの引き継ぎ書に目を通しているので黙っていても不自然ではないはずだが。

ちらり、と鳩尾さんを見る。目がばっちり合ってしまう。

鳩尾さんは明後日《あさって》の方向を向くと、備品のカメラを構えた。口笛を吹いて部室内のあちこちを試し撮りし始める。俺のほうを見ていたことをごまかしているつもりらしい。口笛て。

とにかく今こそフォローをするべきだ。なんといっても俺は彼氏。

なにか心がほぐれるような話題を提供しよう。話題。話題、話題……。

「……あっ！　鳩尾さん、上履きキレイだね。漂白剤かなんか変えた?」

いやっ、気持ち悪いな俺⁉

こんな話題チョイスある⁉

鳩尾さんの足元に目がいって、これだ！ と口に出したものの、絶対これじゃない。

髪切った？ とか、鞄《かばん》変えた？ とかでさえ関係性によっては気味悪がられるだろうに、上履きってお前！ 全方位にだめだ！

「え、えとね、これは、新調したんだー」

「へ、へえ」

「ふふふ、えーと、その、あの、安芸くんとの新しい一歩を踏み出すみたいな感じで……ってわたしなんか意味不明だね⁉」

「いえそんな、全然！」

「あはは……」

「……」

「……」

ど、どうしよう。気まずい。

「あっ、ひょ、漂白剤といえば！」

「う、うんっ⁉」

話題を見つけた！ という興奮なのだろうか、鳩尾さんの声はやたらにでかいし、俺の返事の声に至っては裏返っていた。

「わっ、わたしね、前、お気に入りの白いスカートにね、コーヒーこぼしちゃったことがあるんだけど！」

「そ、そっか！」

「あのね、小麦ちゃんが漂白剤とかハブラシとか使ってもう完っ壁にシミ抜きしてくれたんだよ！」

「あ、あー。あいつそういうの得意だよね」

「でしょ!? 家事っていうかね、全般得意だよね。妹ちゃんとか弟くんのお世話するの好きだからかな？」

「この部室の整頓も手伝ってもらったんだよ」

「えー、小麦ちゃん優しいなー」

「加二が昔からよく言う掃除のコツがあるんだけどさ」

「えっ、知りたい。なになに？」

「一回持ったものは適当な場所に置かずに、元の場所に戻すまで手から離さなければ絶対に散らからないぞって。だから一般的にそれが難しいんだろって毎回同じ返ししてる、俺」

「あはは、ホントだね！ ていうか、いいなあ、安芸くん。小麦ちゃんと昔からずっと仲良しなんだよね」

「ま、まあ幼なじみだし」

「えー、でも、わたしにも幼なじみっていうか小っちゃいとき仲いい子がいたんだけど」

「あ、そうなんだ？」

「うん。でも、高校どころかもっと早い段階で学校別々になったし、あっけなく音信不通だよ。だから安芸くんと小麦ちゃんみたいな関係って珍しいと思う。あの子、わたしのこと覚えてもないんじゃないかなー」

「ええ？　鳩尾さんが同じ学年にいたらたとえ会話したことなくても忘れないと思うけど」

「えっ？　どういうこと？」

「少なくとも俺が鳩尾さんの幼なじみだったら絶対覚えてると思うってこと。だって、明るくて、可愛くて、学校中の人気者だろ。忘れるわけがない」

「あっ、うん、えー、……えへへ？　そうかな、忘れない？　絶対に？」

「ああ。俺なら絶対に忘れないよ。鳩尾さんを忘れるなんて奴《やつ》いたら、そいつの記憶力疑いたくなるよ」

「そっかあ……」

鳩尾さんははにかんだあとに、うつむいてしまった。

一瞬前まで普通に喋っていたのに。

ばっ、ばかか俺は！

いくら真実だからってなに意識させるようなことを言ってるんだ！

というか、前々から思ってたけど、こんな耳が腐るほど言われているだろう褒め言葉でこれだけ照れるのって、俺のことが好きだからってことだよな。

そのたびに申し訳ないなんて思いたくない。

手放しで喜びたい。

だというのに、今の俺は、それ以前の段階だ。

彼女以外の女子のことでしか話が盛り上がらない、最悪な彼氏。

少しでも挽回したい。

鳩尾さんの上履きじゃないけど、俺だってちゃんと一歩踏み出したいんだ。

彼氏彼女っぽいこと、といえば……、いつでもきゃっきゃうふふと連絡を取れる手段があるような……、つまり――。

「え、えーと、鳩尾さん」

「な、なにかなっ⁉」

「こ、交換しない？」

「なにを⁉」

「あ、ご、ごめん、これ、ＩＤ！」

俺は立ち上がってスマホを掲げた。

画面にはメッセージアプリが表示されている。

つきあった初日に聞いてもいいようなもので、提案するのが遅かったくらいだ。

「あ、あっ、うん！　したい、したい！」

鳩尾さんがスマホを持って寄ってくる。

部長机を挟んで、お互いスマホを取り落としそうになったり、誤タップしそうになったりしながら、無駄にわたわたした。が、よくよく考えればクラスグループから個別追加すればいいのかと気付く。

鳩尾さんからメンダコのキャラクターのスタンプが送られてきて、なんとか交換終了。

とてつもない大仕事をやり遂げたあとのように、二人して大きく息を吐く。

「えへへ……」

鳩尾さんはスマホを大事そうに胸に抱えた。

「……」

とりあえず俺も真似《まね》してスマホを胸に抱える。

そして、再び沈黙。

つ、続かないなあ、会話……！

「……あ、そ、そうだっ！　そ、そういえばね。メッセージアプリがきっかけで困ったことになってね、小麦ちゃんが助けてくれたことがあるんだあ」

「え、加二が？」

「うん。一年の最初のほうで、クラスのグループから勝手に個別追加して、いろいろメッセージ送ってくる男子がいてね。その……、告白されちゃったんだけど」

人によって個別追加くらい気にしないよ派と無許可でやめろよ派に分かれるだろう。でも、鳩尾さんは、どっち派とか悠長に言ってられんくらいにいろいろ実害がありそうだ。

「お断りしたの。そしたら、結構その男子からあることないこと言われ始めちゃって。心当たりはないけど、気を持たせるようなこと言っちゃってたのかな……？」

「鳩尾さんは悪くないよ。そういう奴がどれくらい的外れな悪口言うか大体想像つくし。聞いているだけで腹立つ」

脅迫状（仮）の差出人や部室に乱入してきたストレート髪、そして、鳩尾さんに振られた相手から、と、やたらに逆恨みが多い。

人気者にはつきものの苦労。これが日常茶飯事だというのなら、うまくかわす方法を学習せざるを得なかったわけだ。

俺が空気を読めない奴、小麦が空気を読まない奴とするならば、鳩尾さんは空気を読まざるを得なくなってしまった人なのかもしれない。

「あるときに、移動先の教室でね、その男子が友達と、わたしのこと言ってて。足震えてきちゃうし、教室入れないし、どーしよーってなってたの。そしたら中から小麦ちゃんが咎《とが》める声が聞こえてきたんだ」

「なんて言ってたの？」

「『振られた腹いせに好きだった女の子の悪口を言うの、自分のことみっともないって思わないの？』ってバッサリ」

「あー、言いそうだね、あいつ！」

「わたし、感動しちゃったよ。絶対この子と友達になろうって思った」

わかる。

普通臆する場面で颯爽と立ち上がる、それが加二釜《かにかま》小麦。

きっと、鳩尾さんは、冤罪《えんざい》からかばわれた小三の俺と同じような衝撃を受けたんだろう。

「加二はそういうとこあるね。うちのクラスでも似たようなことしてたし」

「あー、この間のね。ふふ、あのときも本当にうれしくてねー」

小麦の雄姿を思い出したのか、鳩尾さんはうっとりとしている。

正面からそれを見て、なぜか俺が誇らしくて、にやにやしそうになった。とっさに笑いをかみ殺す。

って、ちょっと待て。

また話題が小麦のことじゃねーか。

なんでだよ、共通言語がこれしかないのかよ⁉

なにか別の話を、と、考えたところで。

――バンッ。

――バタバタッ。

「ひゃっ、な、なに⁉」

ドアを叩《たた》きつける音、そして走り去っていく足音が立て続けに響く。

俺は廊下の様子を見てみたが、すでにどこにも人影はない。

「ただのいたずらなのかな。この間みたいに誰かが鳩尾さんに言い掛かりつけてきたわけじゃないみたいだ」

「あのときは本当に迷惑かけちゃってごめんね……」

しまった、わざわざストレート髪とウェーブ髪の二人組に触れてしまった。

安心させるつもりで言って、逆にしょぼんとさせてどうする。

なにか元気が出るような話を……。

「あっ、そ、そうだ、足音といえば、小学生の頃、加二がすごい足音立ててうちに来たことあったんだよ。もう、本当にどどどどどって感じで」

「え？」

「なんか、俺が交通事故を目撃したって話が、どっかで俺が交通事故に遭ったって話になっちゃってたみたいで」

「じゃあ心配して駆けつけてくれたんだ！」

「そうそう、しかも加二釜家でその話が出たのが夕飯時だったみたいで、箸《はし》を持ったままうちまで来たからね」

「えー⁉　さすが小麦ちゃんだね！」

「だよね」

よかった、鳩尾さんに笑顔が戻った。

…………。

――って、全然よくない‼

また小麦の話に戻ってきてるじゃねーか！

なにこれ⁉　呪《のろ》い⁉

……ああもう。

本当に、絶対、確実にこのままじゃよくない。

恋人同士としてもそうだし、部活としても機能しなくなる。

時間が解決する？　そういう側面もあるだろう。

でも、俺は一刻も早く鳩尾さんと真っ当な彼氏彼女になりたいんだ。

鳩尾さんと小麦以外の話も変に意識せずにしたい。つきあう以前のように自然に話したい。

荒療治だろうが、早急に距離を縮めなければならない。

3

せっかくIDの交換をしたのだから、ここは彼氏らしくメッセージを送るべきだ。

何気ない日常を共有して心理的距離を近づけたい。

柴田の散歩から帰ってきた俺は、自分の部屋のベッドに体を投げ出して、スマホ画面をひたすら眺めている。

「柴田……、なんて送るべきだと思う?」

隣で体を丸める柴田に尋ねてみた。が、柴田は寝落ち寸前だった。可愛い奴め。しまい忘れた舌がちろっと出てる柴田のキューティーな寝姿をとりあえず撮影。

………この写真を送るか?

俺にとっては世界一可愛い犬だけど、ペットの写真をいきなり送りつけられるってどうなんだ? 面白動物系でバズッた投稿に、うちの子も見てください! とか脈絡なくしゃしゃり出てきて返信するような、自己主張強めの飼い主に思われないか?

つきあって一発目のメッセージだぞ?

もうちょっと当たり障りないところからいくべきじゃないか。……よし……。

アゲ《今日の部活もお疲れ様です。これからもよろしく》

……合ってる⁉ 合ってんのかこれ⁉

彼氏と部長の配分間違えた気がするぞ。

「おっ」

すぐさまメッセージが返ってくる。

SAKURA《こちらこそだよ〜》
SAKURA《※アノマロカリスのキャラクターのスタンプ※》
古代生物……! こんなスタンプあんのか……!

鳩尾さんやっぱちょっと面白いよな、趣味が。

そして別に本人に自覚ないところが、小麦と通じるものがある。互いに相手のことを、天然なところあるよねー、とか思っていそう。

いや、小麦のことはいいんだって。

とりあえず、これは会話を続けていいのか？ 質問とか発展性のない発言のあとのスタンプって、一般的には、ハイじゃあ話はここで終わり、の意思表示だよな？

なぜかこのタイミングで大学生の頃の姉ちゃんの愚痴が頭をよぎる。

——うわうわうわ。何回追いメッセージしてくるの、この客。未読十九って……。店に来る気がないなら連絡してこないでほしい。客なんてお金が発生しないなら一言も喋りたくないんだから。メッセージのやりとりって単なる営業で時間外労働だってわかってんのかなこの人。

適当にスタンプで返しとこ、面倒くさ。

……。

いやいやいや、姉ちゃんはあくまで客の話をしていたんだ。俺は彼氏なんだから面倒なんて思われないはず。…………だよな？

でも、俺は鳩尾さんを利用しているんだから、気持ちが追いつかない分、せめて形式くらいはいい彼氏でありたい。

考えている間に、どんどん時間が経《た》っていく。

間が空けば空くほど連絡しにくくなるぞ、どうしよう。

「うおっ」

震えたスマホに驚いて小さく声をあげてしまった。柴田がうるさげに耳をぴくりとさせる。

ごめんて。

鳩尾さんから再びメッセージが届いたのだ。――だが。

SAKURA《ねえねえ、安芸くんって小麦ちゃん相手だと喋り方とかちょっと崩れるよね？あれいいなー。わたしにもそうしてほしいんだけど、お願いしたら変に思われるかなあ……？》

これ……、俺宛てじゃないだろ⁉　小麦に宛ててるだろ……。

しかもそんなのがうらやましいのか？

ほとんど無意識だったけど、そういや『お前』とか鳩尾さんには言わないな、俺。身内に対するような雑な喋り方にしてほしいってことか？　でも意識的にぞんざいに扱うなんてできるわけがない。

というか、これもどうしよう、既読つけちゃったぞ、見て見ぬ振りすべきなのか、わかった検討《けんとう》してみるとか返すべきなのか。

悩んでいると、怒涛の勢いでスマホが震える。

ＳＡＫＵＲＡ《ごめん！　間違えちゃった‼　気にしないで‼　おやすみ‼》

さっきのメッセージが画面からふいに消えた。

鳩尾さんが取り消したのか？

ＳＡＫＵＲＡ《※オヤスミと添えられたリュウグウノツカイのスタンプ※》

鳩尾さん、深海魚スタンプやたら持ってんな⁉

しかも五連打してきた……。よっぽど焦ってたんだな。

やっぱり誤爆だったんだ。

これ、このままでいいんだろうか。

なんかフォローをすべきなんじゃないのか。

俺の知り合いで鳩尾さんについて一番詳しいのは、………………小麦だよな、どう考えても。

いやいや。彼女がいるのにほかの女子に連絡するってどうなんだ。

しかも俺は小麦から離れることを決意したばかりなのに。

でも、ここで鳩尾さんに対する対応を間違えて、鳩尾さんから彼氏失格の烙印を押されたら元も子もない。

小麦に彼女のことを相談するってのは、お前に恋心なんて持っていませんアピールにもなるんじゃないか？　鳩尾さんへの対応を教えてもらえるうえに、小麦に対して迷惑な気持ちは抱いていないと証明できる。

……そうだよ、そうだよな？　今だけはむしろ小麦に頼るべきときだよな⁉

勢いのまま俺は小麦へメッセージを送った。

ずいぶん久々の連絡だ。俺が小麦への恋心を意識したとき以来。例によって受験を理由に、今までメッセージを送っていなかった。

破局のあとで小麦へのメッセージを送れなくなっていたのは、知らないうちにまた無神経なことを言って傷つけるのが怖くなったからだ。取るに足らない話題でさえ、どうしても送信ボタンが押せなかった。

我に返ったらすごく緊張してきた……。

でも、今現在の俺は自分にふさわしい立ち回りがわかるから大丈夫だ。

間違っても恋愛対象として見ていませんという振る舞いをすればいいのだ。

◇◆◇

――宿題を終えてそろそろお風呂《ふろ》に入ろうと思った矢先、スマホが鳴った。

きっと桜子からね、と内容を確認して、私は目を疑った。

「…………なんなの…………？」

部屋の中央にあるローテーブルにスマホを置いて、思わず正座で向き合う。

アゲ《安芸玄《げん》です。》

アゲ《少し相談したいことがあります。》
名前もＩＤも知っている。なんだったら名前欄が『アゲ』表記なのは、『安芸』が『アキ』って読まれやすく、『ＡＧＥ』ってローマ字表記すると『エイジってなに？』と英語読みされてしまうから、苗字《みょうじ》を間違われないためにそうしてるってことも知っている。

なんでわざわざ名乗るの、なんで敬語なの、なにより――。

なんで桜子とつきあったのに連絡してくるの？

いくら幼なじみ相手だからって私は元彼女なのに。今までまったく送ってこなかったくせに。

なんでよりによって今。なにが相談よ。玄、ばかなんじゃないの。

なんて返したらいいのかわからない。

私は常に冷静沈着であるかのように見られるけど、表に感情が出にくいだけで、内心でパニックになることなんてよくあるんだから。

アゲ《既読スルーバレてんぞ。》

うるっさいわね。どうせ軽い気持ちで送ってきているくせに。私がどういう気持ちでメッセージを受け取ってると思うの。

加二釜小麦《桜子以外の女子にほいほい連絡するんじゃないわよ》

突き放したあとで、相談内容が深刻なものなのかもしれないと思い直した。だとしたら悪いことをした。

自分の突発的な行動を反省していたらすぐに返事が来る。

アゲ《加二は友達だから問題ないだろ。》

………………ああそう。

玄は本当に私に対して友情しか感じてないらしい。なにか間違いが起こるかもなんてその発想すらないのだろう。

そんなのわかりきっていたことだけど。

別れたあと、『今、なにしてるの？』程度の軽いメッセージを何気なく送ろうとして、でもできなくて、途中まで打って消して、また打ってまた消して、結局送れず、下心をひた隠しにした経験なんて、玄には絶対ないに決まっている。

自嘲《じちょう》していると、またスマホが鳴る。

SAKURA《小麦ちゃんどうしよう！》

今度は桜子からのメッセージだった。

SAKURA《小麦ちゃんと間違えたフリして安芸くんにメッセージ送っちゃった……。わざとらしすぎたかな⁉　ばれちゃうかな⁉　嫌われちゃうかもだよー！》

もしかして、タイミング的に玄の相談って、桜子絡《がら》みってことなのかしら。

先に桜子に返事をしてみる。

加二釜小麦《なんて打ったの？》

SAKURA《※全身真っ赤になって照れるメンダコのキャラクター※》

SAKURA《恥ずかしくって言えない……！》

SAKURA《やらかしたよー！　今日から悪女として生きていくべきかも……！》

駆け引き一回で悪女としての人生に踏み出そうとする桜子。……逆にすごくいい子に思えるし、ちょっとズレてて可愛らしい。

でも私にも言えないことなの？　そもそも玄が桜子を不安にさせてるってことなんじゃないの？　玄は彼氏としてなにをしてるの？

玄の相談が本当に桜子のことなら、私を頼って解決策を求めているということになる。

きっと私が彼女だったときはこんな気遣いしてなかったのに。

……今さらなにを考えてるんだろう、私。

感傷に浸りそうな思考を打ち切って、私は玄に返信した。

加二釜小麦《相談ってなんなの？》
アゲ《個人情報だから細かくは言えないけど、鳩尾さんがお前と間違えてメッセージ誤爆してきた。》

アゲ《乱暴にしてほしいって言われたんだけど、これ深追いしてもいいのか？》
恥ずかしくって言えない＋乱暴にしてほしい＝導き出されるものは……。

え。

もしかして。

せっ、性的な話？　性的な話なの？

思わずベッドにスマホを投げつけた。

なんだっていうの。二人してなにを相談してきているの。

わけがわからなすぎて、意味もなく部屋をきょろきょろと見渡してしまった。

ええと、桜子はそういう感じなの？　強引なのが好きなの……？　私だったらお互いの手を絡めて繋《つな》いで気付いたら夜が明けて小鳥のさえずりがする、そういう優しいもののほうが……、って、そんなことはどうでもいい。

妄想にふけって逃避しないで。落ち着くのよ、と自分に言い聞かせる。

クラスメイトたちはこんな私のことをよくもクール扱いするわよね、とふと不思議になってくる。

実際の私とは程遠いのに。

ミステリアスなんて言われることもあるけれど、私にしてみればただ表情に乏しいだけ。

私はスーパーで半額シールを見つけたらテンションが上がる。私はペットボトルを都度買うのがもったいないって所帯染《しょたいじ》みたことを思って、学校に水筒を持参したりする。そのくせ、趣味である料理のためなら便利なキッチングッズをホイホイ買っちゃったりする。

……一体どこがクールでミステリアスだというの？

気を取り直してスマホを拾い、玄に返信する。

加二釜小麦《ばか》

アゲ《初手罵倒⁉》

加二釜小麦《友達相手でも他人に言いふらす相談じゃないでしょ》

アゲ《そうなのか……？》

アゲ《まあ言葉遣いってプライベートなものって言われればそうだけど。言われてみれば報道部なのに言葉について軽く考えていたかもな……。》

……言葉遣い？　なんの話？

なにかすれ違いがあるような気がして、玄に追加説明を求める。

玄は他人に相談するなって言ったそばからお前……とちょっと躊躇していた。

けど結局、玄と桜子との間で交わしたメッセージ内容を詳しく教えてくれた。

結果。

私は羞恥《しゅうち》のあまりベッドに上半身を突っ伏した。

は、恥ずかしすぎる勘違いをしてしまった……！

身悶《みもだ》えながら、どうしてだかほっとした。

さすがにまだ二人の間で性的な話をする関係じゃないらしい。ていうか玄ってそういうの絶対鈍いもの。…………って、あれ？

私ったらなにを喜んでいるの。別に二人が深い仲になったって私になんの関係もないのに。

むしろ私は二人を応援してるのに。

なんだか後ろめたくなって、慌てて玄にメッセージを送る。

加二釜小麦《私にこそこそ聞き回るんじゃなくて本人と話し合いなさいよ》
アゲ《傷つけたくないし……》
……桜子に対しては慎重なんだ。

これが玄の『彼女』に対する本来の扱い方なのね。

ずきりと痛み出した胸に気が付かないふりをした。

加二釜小麦《かっこつけなくていいわ。いきなり砕けた口調が無理だっていうのなら本人にちゃんと伝えてあげて》

加二釜小麦《文面だと表情とかわからなくて誤解を招くかもしれないし、明日の放課後にでもデートしてじっくり話してみたらどう？　元々報道部って毎日活動してたわけじゃないでしょ》

思いのほか長文。でもこれで本気のアドバイスだって伝わるはずだ。

桜子にも返す。

加二釜小麦《悪女なんかじゃないわ》

加二釜小麦《話をしたくなったらいつでも聞く。私はいつだって桜子の味方だから》

少し白々しいかしら、と思いながらも続けてメッセージを送信した。

アゲ《ありがとな。》

SAKURA《うう……。ありがと、小麦ちゃん》

返事がほぼ同時に戻ってきた。玄と桜子の友人としての役目は果たした。

――これでいいのよね。

なんだか疲れて目を閉じた。

……きっと、明日の二人は不器用にでもデートして距離が近づくはず。

目の前に広がる真っ暗な世界の中、ぼんやりそう思った。

私の思惑はあっさり外れた。

デートに行くところまではうまく進んだみたいだったけど。

翌日の放課後、帰宅して妹とパズルを作って遊んでいたら、ふとスマホが鳴ったのだ。

SAKURA《小麦ちゃん、なんでさっさと帰っちゃったのー!? 今、安芸くんとデート中なんだけど、緊張しちゃって行き先が決まらないよー! どうしよー!》

私は呆れる。玄に対してだ。あいつ本当になにをしているの、彼氏なのに……。

加二釜小麦《買い食いでもしたらどう?》
私だって恋愛慣れしているわけじゃない。的確なアドバイスなんてできない。

単に桜子と友達になったばかりの頃にして楽しかったことを返信してみただけだ。

SAKURA《それいいかも! 小麦ちゃんと初めてたこやき買って半分こして一緒に食べたときのこと今でも覚えてるよー!》

桜子も覚えてくれていたらしい。別に桜子にとっては女友達と買い食いなんて初めてでもなんでもないだろうに。むしろ、私なんかと一緒にいるからほかの女友達とそういうことができなくなってるんじゃないの。私といると、ほかの人は寄ってこなくなるから。

うれしいような、……申し訳ないような……、なんてことは今考えている場合じゃない。

デート中に連絡してくるのはよくないわよ、桜子。

苦笑したところで再び、スマホが鳴る。

アゲ《今、鳩尾さんとデート中で無言でひたすらコロッケ食ってるんだけど、絶対鳩尾さんが

笑ってくれる鉄板トークとかないか？》

芸人でもないのにそんなものがあるわけないでしょうが！

なにが好きかなんて、すぐ隣にいる桜子本人に聞きなさいってば。

そうお説教したいけど、メッセージが往復するのも悪手だ。

しかたなく、ひとつ提案をする。

加二釜小麦《桜子も安芸と一緒で犬が好きなの。柴田の動画とか見せてそれについてコメントし合ってれば自然に盛り上がるんじゃない？》

猫好きは猫ならなんでも好きだけど、犬好きは自分が飼っている犬種にこだわりがあって、別にどの犬でも好きなわけじゃない、とも言われてるらしいけど――でも、桜子は犬を五匹飼っているから、生粋の犬好きのはず。お犬様万能説。

桜子の家にいるのは、ボルゾイ、サモエド、アラスカンマラミュート、シベリアンハスキー、ジャーマンシェパードと大型犬ばかり。それだけ飼っても余裕があるくらい家の面積が広大で、世話をするあてもあるということだ。

気さくな態度に誰も全然意識していないだろうけど、桜子はちょっとしたお嬢様なのだ。

資産家の御令嬢だなんて桜子は一切《いっさい》鼻にかけないから、きっと玄も気付いていない。

桜子の持ち物はハンカチひとつとってもシンプルながら品のいいものばかりなのに。ブランドのロゴが露骨に入ったようなものを持たないせいでわかりづらいけど。

うちみたいな、三人きょうだいで、質より量のお安いセット販売のタオルを買い込むような、いかにも一般庶民な家とは別格。
なんでも持っている桜子。持つ者だっていう自覚すらないのかもしれない。そういう子だから玄とつきあうのだって当たり前で、でも、だったら……。
アゲ《やばい。》
メッセージ着信にはっとする。
なんなのよ。なんでまだ連絡が来るのよ。
アゲ《動画見終わったんだけど、しばたきゅ～んとかしばわんわ～んとか俺の気持ち悪い声入ってて恥ずか死んだ。》
知ったこっちゃないわよ！
SAKURA《小麦ちゃん、安芸くんが突然しゅんとしちゃったんだけどどうやったら元気づけられるかな……？》
昨日からなんで二人同時に私に相談してくるのよ……。
加二釜小麦《じゃあキスでもしてみれば？》
そう送ったあとで、突然どっちからも連絡が途絶えた。
――――え？
いえ、デート中にメッセージを送ってくるほうがイレギュラーなんだから、別に不思議がるところでもないのだけど。

………してるの？

盛り上がってるの、キス？

路地裏に入って、触れるだけの軽いのを繰り返していたら、唇を食《は》んだりして、そのうち舌を絡めたりして、時間を忘れるほどの二人の世界なの？

こ……恋人同士だものね、公序良俗に反しないならいい。いいに決まっている。

少しぼうっとしていたみたいで、隣にいる妹が袖《そで》をくいくい引っ張ってきていることに気付くのが遅れた。

どうしたの？　ああ、パズルのピースがうまくはまらないのね。よく見て、これはここじゃないのよ。無理やりいれちゃだめ。こわれちゃうから。凹凸《おうとつ》をちゃんと見てはめないとね。

凹凸を……はめないと……。

……桜子と玄の……凹凸を……？

スマホが鳴って、我に返る。

最低。下劣なことを考えてしまっていた……。

SUKURA《キスって単語に動揺しちゃってここ入ろ！って適当に指差したらゲーセンだったよー。ちょっとゲームやったあとで安芸くんお手洗い行って戻ってこない…》

……そう。

キスもなにもしてなかったのね。
どうして胸をなでおろしているのだろう、私。
アゲ《今ゲーセンなんだけど、お前がプレゼントしたみたいにキャッチャーゲームで景品取ろうとして失敗してトイレに逃避した。どうすれば……。》
なんなの？　もはや二人とも私に実況中継することが目的なの？
アゲ《鳩尾さんスマホばっか見てるし、つまんねえのかな……？》
自分を顧みなさいと言いたい。あんたもこんな高頻度で連絡してきて桜子に同じこと思われてるわよ、絶対。
これが最後と決めて私は玄に返事をする。
加二釜小麦《初デートなんでしょ。無理してないでなにかおそろいのものでも贈ってあげて。
可愛いガチャガチャとか》
アゲ《結構台数あるけど犬系のものはない。》
加二釜小麦《深海生物系は？》
アゲ《ある！》
加二釜小麦《じゃあそれがいいんじゃない》
アゲ《そうか、やっぱり鳩尾さん深海生物好きなんだな。ありがとう。》
さっさと戻ってあげてほしい。トイレ長すぎて体調心配されるわよ。

なんなの、本当に。

私がなにもかもに対して答えを知ってるなんて、思わないでほしい。

その後、しばらく間を置いて桜子から連絡があった。

SUKURA《小麦ちゃん、見て見て！》

乗る電車が反対方向だから、今桜子は安芸と別れて電車の中に一人でいるみたい。

SUKURA《これ安芸くんがくれたの！　めっちゃ大切にする……！》

SUKURA《※ピンクのメンダコのキーホルダーの写真※》

桜子からの喜びのメッセージに、薄暗い気持ちになる。今さらだけど、彼氏からの初めてのプレゼントでしょうに。いくら玄が私のことを友人としてしか認識していないとしても、ほかの女子の意見を参考にしただなんて……、嫌でしょ？

SAKURA《おそろいなんだよ！　安芸くんのは黄色！》

SAKURA《あっ！》

SAKURA《小麦ちゃんのも買えばよかったね！　ごめん！》

その場しのぎじゃなくて、本気で言ってるのがわかる。どこまでいい子なの。

SAKURA《小麦ちゃん、いろいろ教えてくれてありがとね。すごく心強かったよ。》

SAKURA《でも小麦ちゃんがあの場に一緒にいてくれたらもっと心強かったのになあ》

初めてのデートでそんな感想が出てきてしまうなんて、桜子は本当に私のことを大事にしてくれている。

でも、それぱっかりはお断りだ。

SAKURA《そうだっ！　いいこと思いついちゃった！》

4

「あのっ、安芸くんっ！　小麦ちゃんを報道部に勧誘しない⁉」

「はいっ⁉」

放課後の部室にて、鳩尾さんの突然の提案。

小麦のアシストありきだが、昨日のデートでは小麦以外の話題でもぽつぽつ喋ることができるようになった。

俺がくだけた話し方になるにはもうちょっと時間が必要そうだけど。

ぎこちなさこそ残るものの、そろそろお互い妙に意識することもなく、つきあう前のような自然さを取り戻せるのではないか、と、そう思っていたのだが。

「な、なんで？」

「なんでって……部員、必要でしょ？」

「そうじゃなくて、なんで加二を」

「小麦ちゃん帰宅部だし、バイトも平日と休日の一日ずつで毎日やってるわけじゃないし、生活態度しっかりしてるから生徒指導にも後ろ暗いことないし、てことは顧問の先生との相性《あいしょう》もいいし、わたしもうれしいし、どうかな⁉」

息継ぎもろくにせず、鳩尾さんが言い切る。

元カノ・今カノが部員ってそんな闇《やみ》深さが濃縮された人間関係、絶対に嫌だろ⁉

と、返せるわけはなく。

「前も言ったけど、興味ない人に無理強いして入部してもらっても長続きしないかな。小麦がここに入部したいならもうとっくに俺に声かけてきてるだろうし」

「面と向かって勧誘したことあるの？」

「ないけど」

「じゃあためしに声かけてみようよ！」

「いやっ、あー……」

小麦を勧誘してはいけない理由がとっさに思い浮かばない。

俺が小麦と距離を置こうと決めた直後だからなんて言えない。あくまで鳩尾さんとの接し方で助言を求めるためとはいえ、メッセージアプリを送ってしまっている時点で説得力もない。

ひたすらに目が泳ぐ。

視線の先、机の上に置かれた鳩尾さんのリュックには——木彫りのクマとピンクのメンダコが仲良く絡まり合っている。

結果として、なにも思いつかず、俺は鳩尾さんを止めることができなかった。


そして、数日後の報道部の部室。

「あのね、桜子。いくら勧誘されても、私は報道部に入らないから」

小麦がうんざりとこめかみを押さえながら言った。

鳩尾さんの行動力はすごかったらしい。

北の図書館で小麦が本を読んでいれば『入部して☆』と書かれたメモを差し出し。

東の女子トイレで小麦が手を洗えば『入部♪』と刺繍《ししゅう》されたハンカチを渡し。

西の音楽室で小麦がギターを弾けば入部の歌をハモり（二人とも芸術は音楽を選択している）。

南の体育館で小麦がバスケットボールを持っていれば「わたしが勝ったら入部して！」と一対一の勝負を挑んだ（体育の授業中なので普通に断られていた模様）。

ことあるごとに追いかけ回された結果、小麦は異議を申し立てに来た。

俺は部長席から、中央の長机で向かい合って座る二人を見守っている。

さすがにやりすぎだよと部長としていさめるべきだった気もするが、いかんせん詳細を今俺も初めて聞いた。

「なんで入りたくないの?」

「私、情報の送り手になりたいなんて思ったことないから」

小麦は至極真っ当な理由で断った。

「小麦ちゃんってば、またまたー」

「なによ?」

「だって、去年、報道部の番組がお昼に流れてるときに、一視聴者とは思えないほど熱心に見てたよね?」

「えっ、そうなのか?」

去年の昼番組といえば、俺はAD的使いっ走りで先輩たちの下っ端としてこき使われていた。うっかり本番中の画面の端に映っちゃってあとでめちゃくちゃ怒られたりして。

生放送って本気でなにが起こるかわからなくて、どんなにリハーサルしても本番直前でトラブル発生なんてこともたびたびあった。だから俺はあれ以来、好きなコンテンツのネット番組とかが全然予告通り始まらなくても、裏でなにか起きてるのか、頑張れスタッフ……！ と、変に寛容な心で見守るようになってしまった。経験が人間を作るんだな。

「あれさ、地味に下準備とかも大変だったから、ちゃんと見てくれてた人がいたってのは報われたって感じだなあ」

「みっ、見てないわよ」

「え、見てないのか」

「…………見てたけど」

「ほらぁー！　好きなんじゃん！」

「あはは、なんだよ。ありがとな」

俺と鳩尾さんがそろって笑いかけると、小麦は気まずそうに顔を逸らす。

「あれは単にそのときの特集が興味深いなって思ってただけよ」

「本当に？　バイトを始めるからってとりあえず帰宅部になって、迷ってるうちに時間が経っちゃって入部を諦めたとかじゃないの？」

「違うわ。なんなのよ、その細かい想像は」

ディテールに注意を払うことは大事だ。子細漏《も》らさず書き留めることのできる能力は報道にとって役に立つ。それはともかく。

仮に小麦が報道部の創作物が好きだとしても、作りたいかどうかはまた別だ。映画鑑賞が趣味だという人間の何割が映画監督になりたいと言い出すかって話。

「えー、小麦ちゃん、報道部に向いてるのに」

「どこを見てそう思うの？」

「ってことは向いてないって思ってるの？」

「そもそも意識したことすらないわ」

「だったら入部テストだけでも受けてってみてよ。小麦ちゃんが報道部に向いてるって証明してみせるから」

食い下がる鳩尾さんに、そのへんにしとこう、と声をかけようとして俺は固まった。

え。入部テストってなんだ。俺は知らんぞ。

鳩尾さんは一瞬だけ俺のほうを見た。

にっこりと微笑まれた。

満面の笑みすぎて逆にどこか胡散臭《うさんくさ》さがある。多分、小麦を入部させるために架空のテストをでっち上げるから、話を合わせてくれってことなんだろうけど。

「あの、鳩尾さん、入部テストって？」

気がきかないと言われようと、部長としては確認せずにいられなかった。

「この間、安芸くんが面白いって言ってた本から着想を得たの。これで報道部への向き不向きを判定できるなあって」

ああ、部室の本棚から貸した本のことか。

戦略や駆け引きの例が豊富に載っている本だったけど、入部テストに採用できそうな話ってどれだ？

「ちょっとなに？　普段は入部テストなんてやってないの？　即席で作ったテストってこと？　……それに合格したら強制入部させられるんじゃないでしょうね？」

「そーんなことしないって。ちょっとだけつきあって。向いてるってことを自覚してほしいだけだから」

そう言ってから鳩尾さんは、俺にカエルの貯金箱を貸してほしいとお願いしてきた。部長の席で管理しているものだ。鳩尾さんが取りにこようとしたので、持って行くよ、と俺が席を立つ。

「ありがとー、安芸くん。……あっ」

「あ」

手が触れ合ってしまい、一瞬、ときが止まる。

「私、帰っていいわよね？」

「わーん、待って！」

小麦が腰を浮かせる。鳩尾さんは必死に引き止めた。

小麦は元々鳩尾さんと俺に対して気を利かせようとしていたし、ここにいるのが不本意きわまりないんだろう。目の前で初々しい恋人同士のやりとりを見せられたらなおさらだ。わざわざお邪魔虫にさせないで、と。

でも、小麦に仲睦まじいと思われるのはいいことだ。俺はそのまま鳩尾さんの隣のパイプ椅子に座った。長机に付属している椅子は全部で四脚、つまり小麦の隣にも空いている椅子があるのだが、部長だし彼氏だし、俺が座るのは鳩尾さんのそばしかない。小麦は半眼になって俺を見ていた。鳩尾さんの手綱をしっかり取れと言いたいのか？

「んーとね、ちょっと待ってね」

鳩尾さんは貯金箱の中身を机の上に出し、いくつか選別する。

このカエルの貯金箱は遺失物ではなくて、部の所有物だ。

適当に募金されたり、適当に取材費で抜かれたりしていた使途不明寄付金。

中身はすべて小銭で、大体平均して二千円弱がいつも入っている。

「——よしできた、と」

鳩尾さんの前には百円玉が十枚並べられている。ほかの硬貨はすべて貯金箱に戻された。

「はい、ここに千円ありまーす！」

「なにが始まるのよ……。私このあとバイトなんだけど」

「すぐ終わるよ。これを二人で山分けするだけー」

「え？」

小麦が俺と鳩尾さんを順繰りに見る。どういうことなの？　と疑わしげな目で。

俺は鳩尾さんがやろうとしていることにうっすらと思い当たる。

実際問題、入部テストなんて、人手不足の今は必要はない。けど、せっかく鳩尾さんが報道部のことを考えてくれたのなら頭ごなしに否定もしたくない。とりあえず、ことの成り行きを見守ることにした。

どうぞ続けて、と二人に向かって掌で示す。

「……これは賄賂《わいろ》ってことなの？」

「あはは、違うよー。悪いようにはしないから」

「悪人からしか出ない台詞《せりふ》なんだけど？」

「はい、ということでわたしが千円を分けまーす」

強引に進行する鳩尾さん。

小麦は嘆息して、抵抗をやめた。

入部テストとやらを受けたほうが早く終わると踏んだんだろう。

意外にも、小麦にはこういう押しに弱い一面もある。

押されると断りきれないのか、はたまた、弟妹の面倒を見るうちに、なにを言っても無駄なときがあると学んだのか。

「どういう割合で分けるのかはわたしが決めまーす。で、小麦ちゃんはそれを受け入れるか拒否するか決めて。決断は一回きりね」

「そんなのが入部テストなの？」

「そう。『受け入れる』を選ぶとわたしが決めたそれぞれの取り分のお金がもらえまーす。『拒否する』を選ぶと安芸くんが全額没収します。ルールはわかった？」

「わかったけど……」

「じゃあ、始めるね」

鳩尾さんが硬貨を一枚一枚振り分ける。自分の左手側と右手側に二か所山を作る。

小麦はその様子を釈然としない表情で眺めている。

「はーい、できた、こっちが小麦ちゃん！」

鳩尾さんは、右手側に一枚だけぽつんと置かれた硬貨を指差した。

「私が百円で、桜子が九百円ってこと？」

不公平にもほどがある分配だ。

「へいへい、小麦ちゃん、どうする？　拒否・オア・受諾！」

小麦はしばらくの間、無言だった。回答に悩んでいるというよりも、なにやってんのよこれ……？　という虚無感に包まれているように見える。

「なにがしたいのかよくわからないけど、受け取るわよ、百円を」

お、と思わず俺は声を漏らした。

これで受諾するタイプは珍しい。

「じゃあ、安芸くん……ていうか、部長！　小麦ちゃんにそれ渡して！　小麦ちゃんも手、出して！　受け取ったらテスト終了！」

「えっ」

「わ、わかった」

鳩尾さんの勢いに押されて、小麦は掌を上にして俺に差し出し、俺はそこに百円玉を置こうとした。

「おっ」

少し触れてしまって、ぱっとすぐに手を離した。まるで熱いものに触ったときのように。

「どしたのー、安芸くん」

「別に……」

無意識に、過剰反応してしまった。小麦からは距離を取らなければ、と思っていたせいだろうか。

「彼女以外には触らないようにしてるの？　まあ、潔癖すぎるかもしれないけど、彼氏としてはいいのかもね」

小麦はひたすらに掌の上の百円玉を見つめながら言った。そういう解釈になるのか⁉

俺や鳩尾さんがなにか反応するより先に、小麦が「それで」と、話を戻す。

「この百円がなんなの？」

「小麦ちゃんの人間性が報道部に向いてるってことだよ！」

「……どういうことなの？」

「説明お願いします、部長！」

解説役を振られた。押しつけたというより、花を持たせてくれているのだろう。

しかし、小麦が一緒にいると本当に普通に喋れるんだなあ、鳩尾さん。安心感があるってことなのだろうか。二人きりだと意識しまくって言葉が出てこなかったのが嘘みたいだ。

「それ、結構有名なゲーム理論で、最後通牒ゲームって名前がついてるんだけど」

「そうなの？」

「今は百円玉十枚しかなかったけど、たとえばもっと極端に、鳩尾さんが九百九十九円取って、加二に一円って分け方をする可能性もあるよな？」

「それは極端すぎない？」

「あくまで可能性としての話。その場合でも加二は受諾したほうがお得だよな。断ればゼロ円だけど、受け入れればなにもしてないのに一円もらえるんだから」

「ええ、そうね」

「でもな、鳩尾さんが——というか、分配するほうが自分の取り分について七割を超える提案をしてくると、一般的にかなりの確率で相手から拒否されるんだよ」

小麦は少し考える素振りを見せた。

「……つまり、それは、不公平が許せないってことなの？」

「そうそう。受諾すればたとえ一円だとしても労せずにもらえる。だけど、そんなのいらないから、不公平な振る舞いをした相手を制裁したくなるんだよ。お前にも受け取らせてやるもんかって。で、拒否を選ぶ不合理な判断を下してしまう」

「そう、だから！」

鳩尾さんが小麦に掌を差し伸べる。

「一割でも受け入れた小麦ちゃんは、すぅーごく合理的判断のできる人！　報道部に必要なスキルだよね！　小麦ちゃんは我々報道部にふさわしい人間です！　入部テスト合格っ！　臆することなく入部してください！」

小麦は百円玉をそっと机に置いて、鳩尾さん側に押し戻した。

「……これって、初対面の人同士でやることを想定されてるでしょ？」

「えっ、そこまでは知らない。どうなんだろー？」

「絶対そう。私はね、桜子が分けたから受け入れたのよ」

「そーなの？」

「ええ。合理的判断なんかしてないわ。桜子なら別にいいって思っただけで。ほかの人の提案だったら私だって拒否してたかもしれないし」

涼しい顔をしているけど、なかなかに発言内容は熱烈だ。小麦は鳩尾さんにかなり心を許している。まあ小麦でなくとも、鳩尾さん相手ならば、彼女がこんなひどいことをするはずがない、なにか理由があってこういうことをしているに違いない、などと深読みして不公平を受け入れる人も多そうだが。

「あ、ていうか、鳩尾さん、もし加二が拒否してたら不合格にするつもりだったの？」

「ううん」

「えっ？　違うのか？」

「うん、その場合はねー」

前置きして鳩尾さんは少しもったいぶった。軽く息を吸う。

「小麦ちゃんは不公平が見過ごせない！　不正を見逃せない正義の心！　報道部に必要なスキルだよね！　小麦ちゃんは我々報道部にふさわしい人間です！　入部テスト合格っ！　臆することなく入部してください！」

「結局どっちを選んでも着地点同じだったんじゃないのよ……⁉」

「まさかの強制イベントだったかあ……！」

勢いゴリ押し力押し。

鳩尾さんは、えへへ、と照れ笑いをしているが、なかなかに強引な手口だ。結論が最初から決まっていてそこに向かって誘導していたってわけで、可愛い顔してやり手だ。

……って、顔は別に関係ないのに。可愛ければ本来こういう手は使わないと思い込んでいるということだ、俺は。

先入観や固定観念がなんのためにあるかといえば、省エネのためだ。眼鏡《めがね》をかけている人は真面目かどうかを都度判断するより、真面目だと決めつけて接したほうがいちいち脳みそを使わなくすむ――というように。血液型占いなんかはその典型例だろう。人は、目の前にいる相手と向き合うより、自分の偏見と会話したほうが楽だと思っている。

報道はそれじゃだめだ。再三言うが、中立であるべきだ。フラットであるべきだ。

そう意識している俺でもこのざまなのだから、つくづく先入観から逃れるのは難しい。

「でもね、実は受諾じゃなくて、拒否されるって想定だったんだよ？」

「え、そうだったのか」

「うん！　小麦ちゃん嘘が嫌いだし、それって正義の味方って感じでしょ？　だから絶対こんな極端な分配したら拒否されると思ってたの。だって、九百円と百円だよ？」

むう、と可愛らしく頬《ほお》を膨らませる鳩尾さん。

「ねえ、これってさ、もしも小麦ちゃんと欲しいものかぶったりしたら、わたしに簡単に譲ってくれちゃうってこと？」

ひゅっ、と。

小麦の喉《のど》から変な息が漏れた。

「ダメだよ、そんなの。もしわたしが悪い人だったらどうするのー？　あっ、そういえば、おうちに遊びに行ってドーナツとかお母さんが買ってきてくれたとき、小麦ちゃんっていつも『先に好きなの選んでいいわよ』って言うじゃん！　もー、お姉ちゃん気質っていうか、やっぱり人に譲りすぎだよー、……って、ど、どしたの⁉」

小麦が突然ゲホゲホと咳《せ》き込《こ》みだした。鳩尾さんは慌てて小麦の背後に回ると、背中を撫《な》でさする。

「……ごめんなさい、もう大丈夫。ちょっとむせただけ」

「ホントに？　もー、心配するよぉ。この部屋乾燥してるのかな？　あー、アメとか持ってきてればよかったね」

「いいわよ、別に。ねえ、入部テストは終わったのよね？　じゃあもう行くわね」

部室から出ていこうとした小麦の前に、鳩尾さんが回り込む。

「桜子」

「むー。合格したのに入部してくれないの？」

「そういう話じゃなかったでしょ。今の茶番で入部すると思った？」

きっと、予定ではなし崩し的に小麦が入部してくれるはずだったんだろう。なんだかんだ小麦は鳩尾さんには甘いから。

「じゃあ勝負しようよ、真剣勝負！」

「私バイトがあるんだったら」

「すぐ決着つくやつ！　腕相撲！　腕相撲しよ！　勝ったら入部して！」

鳩尾さんは小麦よりも小柄だし、筋肉がすごいってわけでもない。勝てる見込みがない勝負を挑んでいるように思える。小麦の入部を熱望するあまり、やけになってないか？

でも、ここまできたら俺が『やりすぎだよ、そろそろ諦めよう、加二は報道部に興味なかったろ?』とか鳩尾さんをいさめてもおかしくない。部長として部外者への過度な勧誘行為を注意する、という大義名分。俺と小麦の関係をなにも知らない鳩尾さんには悪いけど。

よし、鳩尾さんを止めよう。

「……わかったわ」

えっ、と、思わず声が出た。一歩遅かった。小麦が勝負を了承してしまった。

「ほんとっ? 二言はない!? わたしが勝ったら入部だよ!?」

「いいわ。でも――」

小麦はきっちり釘《くぎ》を刺すことを忘れない。

「テストだの勝負だのこれが最後だからね? 私が勝ったら二度と勧誘しないでちょうだい」

なるほど、小麦は勝ちを確信しているのだ。だったら鳩尾さんの気の済むようにつきあってあげよう、という世話焼きの部分が出たのだろう。


勝負は拍子抜けするくらいあっさりと決まった。

「負け、た……?」

小麦は愕然《がくぜん》としている。なぜって、己《おのれ》の手の甲が机にべたりとくっついているからだ。

つまりは、鳩尾さんの勝ちだった。

鳩尾さんは、勝利の喜びにぴょんぴょん飛び跳ねている。

「やったー！　入部届貰《もら》ってこよー！」

「は、鳩尾さん、強いね」

啞然《あぜん》としつつ言う俺に、鳩尾さんは首を横に振る。

「わたしが強かったっていうより、腕相撲はね、小麦ちゃんが弱いんだよ？」

「え、前に対戦したことあったの？」

「んーん。でもほら、わたし、小麦ちゃんと腕組んだことあるし？　だから筋肉がどれくらいとかわかってるし？」

「……」

「体力測定やったとき一緒にいたから握力弱いのも知ってたし？」

「お……」

「わたし、腕相撲強そうに見えないだろうし？」

「おう……」

「えへへ、最初にフルスロットルでいけば絶対勝てるって思ったんだー」

まともに相槌が打てないくらいに驚く。きちんと計算されていたのだ。

やけっぱちでめちゃくちゃなことを言い出した――と見せかけて、すべてがもくろみ通り。

おそらく、小麦が鳩尾さんのことを侮って、勝負に乗っかってくるところまでも。

大天使と称される人も、小麦をそばに呼ぶためなら小悪魔になってしまうのか……？

魔性かよ、小麦。いや、だったら、なおさら俺は小麦と距離を置くべきなのに、なぜこんなことになってしまった？

「じゃあ、職員室行ってくるねー！」

元気よく廊下に出ていく鳩尾さん。

対照的に、小麦はいまだに微動だにしない。

「バイトの時間、大丈夫か？」

入部という事実から目を逸らした声かけ。当然、じろりと睨まれてしまった。

「そんな恨めしそうに見るなよ」

「あんたが部長としてしっかりしてれば」

「お前こそ、腕相撲断ればよかっただろ。鳩尾さんに負けることを考えてなかったのか？」

小麦は、ぐっと押し黙った。

自分にも落ち度があったと思ってたってことか？　実際には小麦の言うとおり、俺の監督不行き届きの責任が大部分を占めるのに。

「そんなこと、あるわけない。私、あの子には負けるに決まってる」

「そう思ってないから勝負受けたんだろ？」

「知らない。もう行く。バイトに遅れるから」

「え？」

戻ってくるまでにそこまで時間はかからないだろうに、鳩尾さんを待たないのか？

そう問いかけるより先に、小麦は部室から出ていってしまった。

5

「……いらっしゃいませご注文はなんでここにいるのよ」

俺の前に水を置いた店員から流れるように文句が飛んでくる。店員としての平坦《へいたん》な喋りのままで最後まで言い切ったから、器用だな、とちょっと感心してしまった。

言わずもがな、目の前の店員は小麦だ。

小麦のバイト先のカフェは、全国展開しているチェーン店。

外観から内装、メニュー、あらゆるもののコンセプトは天文だ。夜空をイメージしているのだろう店内はやたらに青い。食欲減退色で勝負しているあたりなかなかロックだ。

「『あれ～？　小麦ちゃんもうバイト行っちゃったの⁉　せっかく職員室で入部届もらってきたのにー！　安芸くん幼なじみだし家近いんだよね、これ渡しておいて！』って鳩尾さんが。お前の家に行くよりここがいいかと思ってスターポテトと流れ星ブレンド」

入部届を差し出しながら注文する。ネーミングにこだわったただのポテトとただのコーヒーだろうけど、本当に隕石のかけらとか入ってたらどうしよう。一庶民の高校生にとって飲み物に千円弱かかるのもちょっと懐が痛いし。

まさか知らないふりをしていた小麦のバイト先に来ることになるとは。ご近所ネットワークから情報が漏れたって小麦も気付いたか？　俺、ちょっと不審に思われてるかもな。

でも、背に腹は代えられない。小麦の家に行くのはさすがに気が進まなかったのだ。彼女がいるのにほかの女子の家に行くわけにはいかないというのもある。なにより、恋心を全否定されたことがちょっとしたトラウマになっているせいだ。

「ご注文を繰り返させていただきますそんな似てないモノマネ初めて見た」

「うっさいな」

働く小麦を見るのは初めてだ。しかもこんな至近距離ときた。襟付きシャツに、膝下まである丈の長いエプロン。バリスタのようなその格好が、やたらと似合っている。

こういうきっちりした姿も可愛いな、……じゃなくて。

パッと浮かんでしまった感想を慌てて振り払った。

俺はもう小麦への想《おも》いを忘れないといけないのに、浮かれたことを考えてる場合か？

「——以上でよろしいですか？」

「お、おう」

注文の確認を終え、小麦は入部届を受け取って厨房のほうへ引っ込んでいった。

すぐさま、渡しておいたよ、と鳩尾さんに報告メッセージを打つ。

しばらくして既読がついた。やったー！　これから楽しみだね！　というメッセージのあとで、喜んでいるチョウチンアンコウのスタンプが送られてくる。

部長・部員としてのやりとりなので、これで終わってもいいのか？

少し手持無沙汰《てもちぶさた》になっていると、ふいに、女子の笑い声が聞こえてきた。

店内に客が少ないせいか、そこまで大声ってわけでもないのによく響く。

視線を向けると、前方の席に見覚えのある女子二人組がいた。

――――げ。

世の中にこんなにいらない再会ある？　いや、向こうはまだこっちに気付いてないけど。

うちの学校の制服を着た、栗色のストレート髪とウェーブ髪の女子。

ナントカきゅん先輩に振られて、鳩尾さんに言い掛かりをつけてきた奴だ。

「お待たせしました……、どうしたの？」

げんなりした感情が表に出ていたのか、片手に注文の品を持ってきた小麦が怪訝《けげん》そうにしている。

「ごめん、加二、席変えてもらえないか？　できればあっちの二人組から死角になるところ」

「いいけど」

意味なくそんな不躾《ぶしつけ》な頼みごとをするわけがないと判断したのか、小麦はリクエスト通りの新しい席に通してくれた。

「なにかあったの？」

「あー……、いや、今じゃなくて、前、ちょっとな」

手短に、部室で起こったことを伝える。

小麦は不愉快そうに眉根《まゆね》を寄せた。

「なによそれ。なんで私に黙ってたの？　あの変な手紙の差出人といい、どいつもこいつも逆恨みばっかりじゃない」

吐き捨てるように言う。鳩尾さんへの心配と、自分がなにもできなかった悔しさと、相手への怒りと、いろいろな感情が渦巻いているんだろう。

「大丈夫なの？」

「今のところはな」

「……でも、あの人たちここに時々ここに来てるんだけど、実はちょっと気になることがあるのよ」

「え、客のこと全部覚えてるのか？　お前記憶力いいな」

「うちの制服着てるから目につくってだけ。お喋りの声が大きくて注意したこともあるし。言ってることも不穏だったから印象に残ってたの」

「不穏？」

小麦は、こんなの口にも出したくないんだけど、と前置きして続けた。

「『眼鏡、マジ一生許せないんだけど、絶対仕返しする』とか『天使とか言ってただの男好きじゃん』とか」

「俺と鳩尾さんのこと、か?」

眼鏡も天使も一般名詞で、その組み合わせが話題になることも珍しくはなかろうが、部室の一件がある二人組の口から出たとなると話は別だ。ほぼほぼ名指し。

「気を付けなさいよ」

「多分もう怒鳴り込んでくるようなことはないだろうけど……」

「そんなのわからないじゃない。そもそもが逆恨みするタイプなのよ?」

「心配してくれてんのか、ありがとな」

「あんたじゃないわよ、桜子の心配。あの変な手紙の差出人は? もしかしてそいつもなにかやらかした?」

「いや、そっちはなにも動きがない。このまま何事もないといいよな。……あ」

なんとなく制服のポケットに突っ込んでいた手を引き抜く。そのはずみで、中に入れていたものが零《こぼ》れ落ちてしまった。

床に転がったそれを小麦が拾い上げる。

「これ、桜子と色違いよね」

黄色いメンダコのキーホルダーだ。

「そうそう。お前がアドバイスしてくれたやつ。あのときはありがとな」

鳩尾さんとの放課後の初デートで、俺は空回って小麦にメッセージアプリで相談しまくっていたのだ。ガチャガチャでもいいからおそろいのものを送れと言われて、そのままに実行した。

「鳩尾さん、すっごく喜んでて、気に入ってくれたみたいで」

「毎日使うリュックにつけてるくらいなんだからそうでしょうね。あんたもそうすればいいのに。……桜子とつきあってるのを公表しないのはなんでなの？」

俺と鳩尾さんのクラスでの距離感は、つきあう前と比べてちょっと挨拶《あいさつ》が増えたかな？程度。同じ部活だから以前よりは親密になったんだね、で片付けられるレベルだ。誰も大天使と俺みたいなもんがつきあっているとは思ってないだろう。

「そもそもお前が報道部に鳩尾さんを連れてきたのは、手紙の差出人から攻撃されないためっていうか、俺と仲良くなってその姿をアピールしたほうがいいって考えだったと思うけどさ。いろいろあって、俺なりに考えて、そんな大っぴらに言うことじゃないって思ったんだよ」

だからおそろいだって気付かれないよう、メンダコもポケットの中に住まわせている。

「鳩尾さんって、告白とかすごくされてて、手紙もそうだけど、恋愛沙汰で嫌な目にたくさん遭ってるだろ。だから彼氏ができたとかで注目浴びるの嫌なんじゃないかと思って。安芸がつきあえるなら自分もイケるだろ、とか思う奴も出てきそうだし」

なにより、俺は前の彼女を引きずったまま告白を受けてるし、という一番の理由を伏せているあたり、俺は本当にクズだ。

「……そう。大事にしてるのね、桜子のこと」

小麦は掌の中のメンダコから目を離さない。なかなか返してくれない。

鳩尾さんに影響されて深海生物を好きになったとか？　それとも、自分も鳩尾さんとおそろいが欲しいのになんであんただけってことか？

「安芸」

「なんだ」

「私、いつまでいればいいの？」

「え？」

「報道部に在籍するとして。週何回くらい出ればいいの？」

そうだった。言われるがまま入部届を持ってきてしまったが、小麦は初めから乗り気ではなかったんだ。

入部を賭けた勝負に負けたし、鳩尾さんの怒涛の勧誘を無下にはしづらいだろうし、おそらくは報道部の部員不足のことも気にかけてくれている。小麦のことだから義理は果たすだろうが、できる限り最小の活動で、さらには早く退部したいと考えるのは当然だ。

「秋口の予算会議まではいてくれると助かる。週何回ってのは、今、仕事がないから明確にはないけど」

「じゃあ出なくてもいいの？」

「それは鳩尾さんが泣いちゃうだろ……」

俺は小麦と距離を置こうとしていたのだから、小麦が部室にいるのはなかなかつらいものがある。だけど、鳩尾さんのあの行動を無に帰すのはさすがに鬼すぎる。

「今までの部員の傾向だと、週二、三はみんな顔出してたかな。俺は部長だから毎日いるし、鳩尾さんもそれにつきあってくれてるけど」

「私が顔を出したらいちゃいちゃできなくなるんじゃない？」

「そんなのお前のいないところでいちゃいちゃするから別に気にするなよ、あはは」

「そうね」

冗談交じりに言ったのだが、一切冷やかされることなく肯定された。逆に恥ずかしい。仮に相思相愛のカップルだとしても、部室をそんな愛欲の巣にするわけがないだろ。

「……そうよね。私のいないところでね」

小麦はメンダコを机に置く。いや、だから冗談だって。

なぜか小麦は少し震えていたようで、指先が触れた机の表面がかたかたと小さく鳴った。どうした。寒いのか？

不思議に思って見上げる。ちょうど厨房から声がかかって小麦は俺に背を向けたところだった。小麦の顔が全然見えない。

「行くわね。お客様少ないとはいえ、さぼりすぎだわ」

「おお、仕事の邪魔して悪かったな」

「別に」

まったく振り向きもせず、小麦は去っていく。

俺はメンダコをポケットにしまい直して、星形のポテトに手を伸ばした。

「パサパサ……」

口の中が乾いて乾いて仕方ない。

でも、そうだ、なんだって時間が経てば冷めてるはずだ。ポテトであれ、気持ちであれ。

それがどれほど熱々だったものだとしても。

6

「もー、小麦ちゃん、なんでそんな離れて歩くのー?」

鳩尾さんが足を止めて振り返る。隣にいる俺も一緒にうしろを見た。

そこにいるのは、気配を消そうとでもいうのか、無表情の小麦だ。

気をきかせているつもりなのだろう、小麦は終始、俺らと遠い位置にいたがった。

小麦の手には三脚。肩掛けのカメラバッグの中には望遠用のレンズ。

今日は報道部の仕事があり、小麦もバイトの日ではなかったから、こうして放課後の部活動に参加してくれている。

「結構、地味なのね。報道部の仕事って」

鳩尾さんに呼ばれて小麦はしぶしぶこちらへ近づいてきた。離れる、呼ばれる、近づく、離れる、の繰り返しループ。なにがなんでも距離を取ろうとしている。

「地道って言ってくれ」

今現在、部員は三人になったが、部活の方向性すら正式に決めていない。

だが実は、報道部にはいくつか学校側から義務的に課されている仕事がある。

四月下旬に各部活を回って活動内容の写真を撮影するというのもそれだ。新入部員が仮入部を終えるこの時期に、例年、校内ホームページの写真を差し替えることになっているのだ。

その撮影のために俺と小麦、鳩尾さんの三人は校内のさまざまなところを巡ってきた。

本来は手分けしていくものだ。部室のデジタル一眼の備品は二台あるんだし。

でも、初心者が二人で経験者が俺だけとなるとそうもいかないだろう。三人一組で動くしかない。持ち出したカメラも鳩尾さんが首から下げている一台のみだ。

ついさっき最後の撮影が終わって、今は部室に戻っているところ。

男子部員が多い部活なんて、今年はものすごくにこやかな写真が撮れてしまった。

大天使ちゃんとクールビューティ様が来るんだから当然か？　俺は正直、居心地が悪かったけど。男子からやたらに羨望《せんぼう》の目で見られたせいで。

「わたし、ちょっとは写真上手《うま》くなったよねー？　最初はオート使ってても変なとこにピント合っちゃってたけど、最近そういうの減ったし」

鳩尾さんは液晶モニターで撮影済みの画像をチェックしている。

取り付けられているレンズは標準のもの。最初はレンズの付け替えにもあたふたしていた鳩尾さんの姿を思い出す。

「鳩尾さん、実際、上達早いと思うよ」

「えー、ホント⁉」

「うん、すごく頼りになる」

何気ないコミュニケーションをひとつひとつ大事にしていきたい。そうやって仲を深めていけば小麦の存在がなくても鳩尾さんは俺に対して身構えなくなるだろう。

「えへへ、うれしいなー。あっ！　じゃあ小麦ちゃん、撮ったげるよ！」

鳩尾さんが小麦にレンズを向ける。

「いらないわよ」

「わたしが撮りたいのー！　ほら、笑って笑ってー」

「いいったら。……あっ、ちょっと」

鳩尾さんが問答無用でシャッターを押した。

「ふぉふぉふぉ、嫌がってる小麦ちゃんも可愛いですぞぉ」

「もう、ちゃんと消して」

テンションが上がって謎《なぞ》キャラになっているぞ、鳩尾さん。

「えー!? 可愛く撮れたのにー。でも確かに、無許可はよくないよね。じゃあ、改めてもう一枚撮っていい?」

めげないな、と微笑ましく思っていると、そうだっ! と鳩尾さんが目を輝かせた。

「せっかくなら幼なじみコンビで撮ろうよ! ほら、そこの花壇の前とか並んで!」

鳩尾さんは上履きのままで、廊下から中庭へと駆け出していく。

「あー、別に撮らなくていいかな」

「なんでわざわざ安芸と撮らないといけないのよ」

俺と小麦はほぼ同時に断った。

「やっぱりわたしのカメラの腕とかまだまだ全然だめだめな感じ? そっかー、撮られたくないのかぁ……」

鳩尾さんは、ううう、とわざとらしくうめきながら胸を両手で押さえた。大げさで演技ばればれの傷つきましたポーズ。

「あはは、いくら加二の写真を撮りたいからってさすがにそんな手には」

「そんな悲しそうな顔しないで、桜子。いいわよ、一枚くらいなら」

ちょろいなお前⁉

小麦が了承したのなら、意固地になるほうが不自然だ。俺と小麦は隣同士で並んだ。鳩尾さんとつきあい始めてから、逆に小麦と接点が増えてきているような。なんでこんなことに……。

「じゃあ、撮るよー！　ほらあ、もっと寄って！　いっくよぉ〜〜〜〜〜〜〜おぉ〜〜〜」

「長すぎでしょ？」

「かけ声長っ！」

ピント合わせをしているのか、やたら語尾を伸ばす鳩尾さんに、俺と小麦は思わず吹き出す。そのタイミングで、鳩尾さんがシャッターを押した。

「おっけー！　……あー、なんか二人すっごく仲がよさそー！　見て見てこれ、お似合いだよね！　むー、どっちにも嫉妬《しっと》しちゃいますぞぉ！」

撮った画像を俺と小麦に見せてくる鳩尾さん。素で笑っている、日常を切り抜いた自然な一コマ。確かに仲がよさそうで、はからずもカップルのような空気感がある。鳩尾さんに他意はないのだろうが、過去への当てつけのようで、俺はひやひやしてしまった。

「でも、我ながらこれいい写真だなー、あとでこの写真二人に送るね！　あれ、このカメラ、データ飛ばせるんだよね。その機能使ったことないや、ええと」

「いいよ、いらないから、加二と撮った写真なんて別に」

彼女以外の女子とのツーショットを欲しがるのは彼氏として論外だろう。小麦に未練がないと強調しようとしたのもあわせて、やけに素っ気ない言い方になってしまった。

「……私だっていらないわよ」

小麦は枝毛でもチェックしているのか髪の毛先を見ている。

まあそうだろうけど。俺の写真なんか持っててもしょうがないしな。それでもいらないって拒否はちょっとショックだ。

「えー、もー、二人とも大事にしなよ、幼なじみをー！」

「そもそも幼なじみで撮る必要性が全然なかったわ。あなたたち二人を撮ってあげるから、カメラ貸して」

「あ、それより俺が女子二人並んだところ撮ろうか」

「だったら三人で撮らない？　報道部の活動写真がまだだったよ！」

「うちは代々部活紹介写真に人物入れないようにしてるらしい。報道自体が主役になってはいけない、とかなんとかで。引き継ぎノートに書いてあった」

「えー、そーなの？　じゃあなに撮るの？」

「部室とか？」

いつもならこの時期は新年度第一号の校内新聞なり番組進行台本なりができていてそれを載せている。今年はこれといった活動実績がないのだからしかたない。

「えー。空の写真とかきれいなのを意味深に載っけておいたほうがまだよくない？」

「そういうアーティスティックなのもどうかと……」

「あれ？　あの子……」

カメラを上に向けた鳩尾さんがなにか人影に気付いたらしい。俺と小麦も同じ方向を見る。

南校舎と北校舎を繋ぐ空中廊下にこちらをじっと見ている人影があった。

二つ結びの女子。

部室に訪ねてきた際、落とし物のルーズリーフをズタズタにされた女子だ。

視力が悪いのか目をすがめていて少し眉間にしわがよっているが、結構な熱視線を送ってきている。あの一件でものすごく感謝されていたりするんだろうか。心なしか頬も赤く染まっているように見える。

こっちから三人そろって見上げられて恥ずかしかったのか、二つ結びの女子は顔を背《そむ》けると、校舎の中へと消えていった。

今の誰なの？　と尋ねてきた小麦に、説明する。

「そう。……あの子、顔、ちょっと赤くなかった？」

「わたしも思ったー！　ていうか安芸くんのこと見てなかった⁉　もしかして安芸くんのこと好きになっちゃったのかなあ」

「さすがにないよ、それは」

全力で否定しておく。鳩尾さん、俺への欲目すごくないか？

「えー⁉　そんなのわかんないじゃん！　どうしよう、小麦ちゃん、わたし、ライバル出現かもしんない！」

鳩尾さん、涙ぐんでる……⁉　無用な心配なのに！　こういう根拠のない不安って逆に取り除くの難しいぞ。

「桜子」

小麦が優しく鳩尾さんの名前を呼んだ。

「仮にあの子が安芸のことを好きだったとしても、桜子のほうが先に安芸のいいところに気付いたからこそ今つきあってるんでしょ？」

「う、うん」

「だから自信持って。あとからほかの女が安芸のこと好きだって言ってきても、そんなの知ったこっちゃないって堂々としてればいいのよ」

「小麦ちゃん……！　そ、そうだよね……」

小麦の言葉に、鳩尾さんは落ち着きを取り戻した。でも、その役目は俺がやるべきだった。彼氏のくせに、なにをのろのろしていたんだよ？

小麦が入部したことでやはり俺はどこか気もそぞろになっていたのかもしれない。俺はもっと鳩尾さんと向き合うべきなのに。小麦のことなんて考えていてはいけないのに。

「ふふ、小麦ちゃんと安芸くんと一緒で、部活すごく楽しいなあ。ねえねえ、やっぱり三人で写真撮りたい！　せっかく三脚あるんだから使おうよ」

俺の後悔をよそに、鳩尾さんは小麦が持っている三脚を取りに行く。

「安芸くん、これ、カメラ載せるだけ？　え、どこに？」

「お、危ない、落ちる落ちる」

「わー、ごめん」

「しょうがない、普段全然三脚使わないからね。えーと、クイックシューってのがあるんだけど、それカメラに取り付けてからこの部分、雲台《うんだい》っていうんだけど、ここに……」

俺は鳩尾さんと撮影の準備をする。小麦は俺たちをぼんやりと見ていた。小麦を使ってピント合わせをしているので、じっとしているほかないせいか、やけに静かだ。

あとは任せて！　と鳩尾さんに言われ、俺は一足先にカメラの前に向かう。少し小麦と距離を開けて立った。俺と小麦の間に鳩尾さんが入ってほしい。レイアウトとしてそれが正解だろう。俺は小麦の近くにいてはいけない。

「よし、いくよっ！　新生報道部、結成きねーんっ！」

セルフタイマーを押した鳩尾さんが飛び込んできた。

三人の真ん中で、俺と小麦にそれぞれ腕を絡め、あははと声を出してわらっている。鳩尾さんのテンションの高さに少しびっくりしたが、彼氏と友達に囲まれてうれしそうなその様子に、つい顔がほころぶ。小麦もつられて笑ったその瞬間——カシャリ。

「おー！　すごいっ！　見て見て、いーい写真！」

「まあ、そうね、いいんじゃないの」

「でもそれ部活の活動写真には使えないよ、鳩尾さん」

「むしろ三人だけの思い出って感じでよくない？　これ絶対プリントアウトするねー！」

鳩尾さんが得意になってしまうくらいの写真。今撮ったばかりのそれに写っているのは。

全員が微笑んでいて、お互いがお互いのことをなにより大切に思っていそうな、仲睦まじい三人の姿だった。

7

こんなはずじゃなかった。

駅のホーム、私は玄の隣で電車を待っている。部活の流れで三人そろっての下校。桜子は反対方向の電車に乗るから改札内ですでに別れたあとだ。

今までは玄と一緒に帰ることなんか絶対になかったのに。

こんなはずじゃなかった。

玄と桜子がつきあって、私は玄に彼女ができたって事実を自分に突きつけることで、しつこい恋心を削ぎ落とすつもりでいたのに。つきあいたてのカップルは二人の世界に夢中になるだろうから、そっと離れて一人で気持ちの整理をつけよう、って思っていたのに。

二人がつきあい出してから、私が玄と過ごす時間はむしろ増えている。

好きだって気持ちを忘れなければいけないのに、距離が近づいてしまっている。

玄とつきあっていたことだって桜子には黙っているのに、まだ好きだってことまで隠して、罪悪感でどうにかなりそう。

こんなはずじゃなかった。だから私は。

「ねえ、さっき学校の近くのコンビニ寄ったとき、あんた自分がなにをしてたか覚えてる？」

電車が到着するまで、玄に反省会を強要している。

「な、なにしてたって……。別に鳩尾さんがミルクティー買うのを待ってただけだけど。あ、もしかして彼氏としておごれよってことか？」

「そこじゃなくて、桜子が水族館特集の本に食いついてたでしょうが」

「お出かけウォークか？　長期休暇近くはああいうの定番お出かけスポット特集になるよな」

「雑誌の感想なんか聞いてないのよ。ここから地下鉄で片道三十分ちょっとのところに水族館があるのよ？」

「あるな。ていうか本にも載ってた。あそこ、小学生の頃とか家族で行ったなー、お父さんの運転でさ。帰り母ちゃんと姉ちゃん爆睡して、俺だけ柴田が心配で頑張って起きてて」

だめだ、こいつ。なにも考えていない。私とつきあっていたときも人任せだったけど、まさか桜子にまでそうなの？　……私のときは厳密には私を彼女とは思ってなかったんだろうから別にいいんだけど。

なんで私こんな奴への想いをいつまでも抱えていないといけないんだろう。なんで心は取り外しできないんだろう。頭が痛くなってくるけど、今は私じゃなくて、桜子のことだ。

「思い出話も聞いてないのよ。あんた、なんで桜子をデートに誘わないの？」

玄は、数秒間を置いてから、あっ！　と声をあげた。

呆《あき》れた。本当に今まで気付いてなかったの？

「そうか、それが彼氏だよな」

「それをあんた、なに二人で雑誌開いて、海洋生物人気投票のシャチの順位が納得いかないだのなんだのと」

「お前一瞬どっか行ったと思ってたのにすごい会話聞いてたんじゃん……」

「シャチが三位なのは妥当でしょ」

「いや、かっけえから一位取ってほしかったんだよ俺は。イルカはまだわかるけど、まさかペンギンに抜かれるとは」

「は？　ペンギンのなにが気に入らないの？」

「やー、王道すぎるっつうか」

「王道のなにが悪いの。……そんなことはどうでもいいのよ」

そう、どうでもいい。愚にもつかない話を玄とするのが楽しいと思ってしまう心は、私に必要ない。強制的に、力任せに、無理やりにでも引き剝《は》がしていくの。

「あげるわ」

「え、えええっ？　なんだ急に」

私は鞄から取り出した封筒を渡す。コンビニで発券したチケット二枚。

「これ、水族館の入館券……？　あ、俺らが本読んでたとき、お前これ買ってたのか！」

「プレゼントよ。二人がつきあい始めたお祝い。桜子のいる前で渡すと、あの子のことだから私も一緒に行こうって誘ってきそうだしあんたに渡すわ」

私は桜子の、そして玄のお節介な友達に見えているはずだ。

「有効期限は一か月あるけど、さっそくこの週末にでもデートしてくれれば？　チケット、間違っても私にもらったなんて言わないであげてね」

こんなことをする本当の理由は、いまだに恋心を抱いていることが心苦しいから。せめて少しだけでも罪の意識を拭《ぬぐ》い去りたくてやったに過ぎない。私って、すごく卑怯。

「気遣ってもらって悪いな。お前のこと、……俺、本当にいい友達だと思ってる」

こんなはずじゃなかった。

友達って言われて胸が張り裂けそうな私なんてもういなくなってるはずだったのに。

「つーか、デートでこんなお膳立《ぜんだ》てされるのもアレだし、金は払わせてくれ」

「いいわよ、私バイトもしてるんだし」

「たとえ親兄弟だとしても金のことはキッチリしといたほうが」

「いいって言ってるじゃない」

「金額がでけえって。せめて半分」

「いいの、はした金だから！」

自分のこずるさにお金をもらうなんていたたまれなくて、思いがけず強い言葉で断ってしまった。本当は一生懸命バイトして手に入れた大切なお金なのに。

さすがに嫌な気分にさせただろう。玄のほうをちらりと見る。玄は、小さく肩を震わせていた。え？　なに？　まさか今、笑いをこらえてるの、この男？　この状況で？

「ふっ、ふふっ、いや、おま、気を使わせないようにしたってことだろうけど、言葉の選び方が最悪すぎるだろ、……ははははっ！　感じ悪すぎで笑うわそんなん」

だからなんなのよ、こいつのツボは。

「大体、俺が昔財布落としたとき、一円を笑うものは一円に泣く！　とかって、延々一緒に探してくれた奴がなにを……、あっははははは」

ぼんやりと玄を見る。いえ、見惚《みと》れる。

私相手だと玄はよく笑う。声をあげて。顔をくしゃくしゃにして。

そういうところも好きだった。

勝手に私に期待して近づいてきて、思惑が外れて、そそくさと離れていく——私の周囲は常にそんなふうだった。孤立して寂《さび》しい思いもした。でも、私には玄がいた。玄が楽しそうに笑ってくれるなら、もうそれでよかった。

なのに、と私は顔を伏せた。

「……笑わないでよ」

こんなはずじゃなかった。玄の笑った顔を見たくなくなるなんて。おまけにその理由が、自分のみじめな恋心を諦めるためだなんて。私って、どこまで自分勝手なんだろう。

「はは、ごめんって」

「話しかけないで」

話してる途中で、電車がホームに入ってきた。一緒に車両に乗り込む。

「怒った？　笑いすぎたか」

「話しかけないでってば。友達なんだから」

「ん？　どういう意味……え、おまっ、はあっ⁉　なに」

友達でいるためには玄から離れるしかない——その気持ちが変なふうに口からこぼれた。

発車直前、慌てて私はホームに逃げる。直後、電車のドアが閉まる。

私の突拍子のない行動に、玄がなにか叫んでいたけど、ドアの向こうの音なんかもう聞こえない。明日からどうすればいいの。わからない。ああもう、こんなはずじゃなかった。

8

部室の壁には新生報道部結成記念で撮った写真が貼《は》ってある。

鳩尾さんがさっそくプリントアウトして、飾ってくれたものだ。仲睦まじい三人の姿。だが、今日の放課後の部室は写真の中のような柔らかい空気感がかけらもない。

「ねー、安芸くん、小麦ちゃんもさ、……なんかあった？　もしかして喧嘩《けんか》してる？」

鳩尾さんが心配そうに言う。手元のデジタル一眼の入門書がさっきから一ページもめくられていない。室内がギスギスしているせいで、内容に集中できていないのは明らかだった。

してない、と、俺も小麦も答える。が、鳩尾さんは全然納得していない。

当然だ。だって、今の今まで俺と小麦は一言も口をきいていないのだから。

小麦は今日もバイトがなかったようで、鳩尾さんに引っ張られて部室までやってきたのだが、パイプ椅子に腰かけて、ひたすらに黙っている。

鳩尾さんと俺が意識しすぎて喋れなくなったと思ったら、今度は小麦と俺。呪いでもかけられているのか、ここは。

いや、呪いなんかじゃなくて、俺自身が小麦を怒らせてしまったのはわかる。でも、理由がわからない。とにかく言われたことを愚直に守って、今日は小麦に話しかけてないけど。

原因もわからないままに謝罪をするのは、不誠実だし、小麦が最も嫌うことだ。これは世間一般的にもそう。形だけの謝罪《ノンアポロジーアポロジー》は相手を余計に怒らせる。

──ご不快にさせて申し訳ございませんでした（快不快の問題に矮小化《わいしょう》しとくか）

──誤解を招く表現がございましたことをお詫《わ》び申し上げます（勝手に誤解しやがってよ）

反省してませーんって本音がだだ漏れ。報道機関でもよく起こるタイプの炎上だ。

だから俺はきちんと小麦の怒りの大元を理解したい。

小麦は友達なんだから話しかけるなと言っていた。友達に話しかけないとしたら、話しかけるのは恋人か？　恋人にもっと話しかけろということか。……ああ！

なるほど。わかった。あれは鳩尾さんのことを大事にしろって意味だったんだ。

昨日の水族館のチケットの件もそうだけど、俺があまりにも彼氏として不出来で目に余るのだ。だから小麦は怒っている。

俺自身、彼氏失格の自覚はある。罪悪感だってある。俺が鳩尾さんになにか彼氏らしいことができたことがあったか？　ない。考えれば考えるほど落ち込む一方だ。

ただ、恋愛に疎《うと》い俺が、すぐさま起死回生のアイデアを思いつくはずがない。

まずは小麦のアドバイスに従って、鳩尾さんを水族館デートに誘ってみるべきか？

「鳩尾さ……」

「小麦ちゃん、もしいらいらしてるなら甘いものがいいよ、わたし、アメを……って、ごめん、なあに安芸くん?」

「い、いや、あとでいいよ」

「そ?」

見事なまでにバッティングしてしまった。小麦が一瞬だけ俺のほうを見て、信じられないほど冷ややかな視線を送ってきた。タイミング悪すぎるでしょ、と。

「わたしね、今日はアメ持ってるんだー。こないだ小麦ちゃんむせてたし、いつもリュックに入れとこーって思って」

「桜子、そんな気を使ってくれなくていいのよ」

「いいの、おいしそうなの見かけたからわたしも食べてみたかったたし! 安芸くんも食べるー? こっちおいでよ」

うわあ、と胸が痛くなった。鳩尾さん、この状況に対してわけがわからないながらも、俺と小麦の仲をさり気なく取り持とうとしてくれているんだ。本当に優しい人だと思う。大天使とか呼び出した奴の気持ちが完璧にわかるようになってきた。

「安芸くん、ほら見てよ、柄もすっごく可愛いアメでね、フレーバーは……、ああっ!」

大きな落下音がした。リュックが床に落ちたのだ。

アメを取り出そうとごそごそと中を探っていた鳩尾さんが、俺との会話に気を取られて、バッグごと払い落としてしまったようだ。ふたが開いていたせいで、中身が勢いよく飛び出していく。

教科書やノートが、ばさりと開く。

「もう、なにしてるの」

「あっ、やだ、ダメっ！　拾わなくていいよっ！」

「え？　どうして……」

ストップをかけるのが遅かった。小麦は鳩尾さんのノートを拾い上げて、絶句して、――ひどく険しい顔をした。

「……なんなの、これ」

「あー、それは、そのー……」

小麦はノートを鳩尾さんにつきつけた。

鳩尾さんは口ごもって目を逸らしている。そんなことをしても、そこに書かれた落書きが消えるわけじゃないのに。目を覆いたくなるような罵詈雑言《ばりぞうごん》の落書きが。

ひときわ目立つのは、鳩尾さんのあだ名を揶揄《やゆ》するもの。

『嘘つき大天使（笑）（笑）（笑）』

鳩尾さんの字は綺麗《きれい》だ。その綺麗な字で丁寧に綴《つづ》られた授業ノート。それを台無しにする太字の赤ペンでの落書き。

胸糞が悪い。怒りが熱になって全身を駆け巡る。だめだ、冷静になれ、と、一度大きく息を吐き、少しだけでもと熱を逃がしたその瞬間——俺はあることに思い至った。

「鳩尾さん。もしかして上履きも？」

「え？　なあに？」

「上履きもそのノートと同じような状態にされてたんじゃないの？」

少しだけ鳩尾さんの顔が引きつった。

つきあい始めた翌日の朝のことだ。靴下のまま廊下を歩いて一人靴箱へと引き返した鳩尾さん。そのときのわざとらしい驚きかた、『えっ、あ、あ——っ？　本当だっ、履き忘れてるう！』。その後、今思えば不自然なタイミングで新調された上履き。俺との新しい一歩を踏み出すみたいな感じで、なんて言っていたが。あのときにすでに上履きが被害に遭っていたから、人前で履けなかったし、新しくするはめになったんじゃないのか？

「わ……、わー、すごーい、さすが安芸くん、報道部の部長はやっぱ違うねー！　点と点とを結びつける能力っていうか！」

「鳩尾さん……」

こんなときにまで建て前を使わないでくれ。鎧を脱いでくれ。お願いだから頼ってくれ。

切実な想いが伝わったのか、鳩尾さんから作ったような笑顔を消える。

「上履きは落書きされたんじゃなくて、盗まれただけだもん」

「どっちにしろ嫌がらせだよ。いつからやられてるの」

鳩尾さんはそっと目を伏せる。何度か言い淀んで、やがて、観念したように口を開いた。

「上履きが最初。物がなくなったり、こうやって落書きされてたり、安芸くんとつきあい始めた翌日からいろいろ始まって……」

「誰のしわざか心当たりはあるの、桜子?」

小麦は冷静沈着に問いかけているが、逆にそれが怖い。鳩尾さんが名前を上げたら、今すぐにでも殴り込みに行きそうだ。

「わ、わかんない」

「もしかして、手紙の差出人となんか関係あるのかな。逆恨み激しそうな……、あ? 待て、逆恨みっていうなら、あいつらじゃないのか?」

俺の言葉に、小麦がはっとして視線を寄越《よこ》した。

「一年生女子二人組……?」

そう、小麦のバイト先のファミレスにも来ていた、例の二人組だ。

「そういえば、鳩尾さんが部員になってから、一度、報道部のドアを叩いて逃げた奴がいたんだよ。今思うとあれもあいつらで、嫌がらせだったのか……?」

元々鳩尾さんに逆恨みがあった。それから、『天使とか言ってただの男好きじゃん』という悪態をついていた。これはノートの誹謗中傷《ひぼうちゅうしょう》と重なるものではないか? 嘘つき大天使(笑)(笑)(笑)。俺へ仕返しをしたいとも言っていた。けど、また秘めておきたい真実が暴《あば》かれるのは嫌だ。だから直接的に俺に攻撃を向けず、矛先《ほこさき》を鳩尾さんに集中させた。部員を守れない無力さに俺が打ちひしがれるよう、変化球の仕返しを？　……俺は結論ありきに考えてしまっているか？　これは都合のいい情報ばかりを集めた確証バイアスか？　俺自身が逆恨み？

頭が煮えたぎっていて、それすらもわからなくなってくる。

「一応、彼女らのクラスを調べるべきね」

「しょ、証拠もないのに疑っちゃダメだよ！」

こんなときまで天使なのか。そんな我慢強さはいらないのに。痛々しい。血まみれの人間が、別にどこも痛くないよ、と笑っているようで、とても見ていられない。

俺も小麦もやるせなくて、唇を噛《か》む。

「だったら、せめて頼ってよ、桜子」

「そうだよ、鳩尾さん。エスカレートするかもしれないんだし。上履きの時点でだって言ってくれれば」

「でも、余計な心配かけたくないし。それに、こういう、嫌がらせとかされてる彼女って、安芸くん、嫌かなーとか……」

もはや言葉が出てこなかった。こんな目に遭ってなお、鳩尾さんは俺の心配をしているっていうのか。

「わたし、こういうのって初めてってわけでもないし。結構慣れてるから、放っておけばそのうち気が済むってのも知ってるんだよー。だから、言わなくてもいいかなあって」

「慣れるんじゃないわよ、こんなの」

絞り出すように小麦が言う。

なんで気付いてあげられなかったのだろう、こうなる前になにかできたかもしれない——小麦の後悔が手に取るようにわかる。

あの小麦が、加二釜小麦が、こんな事態を許せるはずがない。

「でもわたし本当に平気だよ?」

「俺が平気じゃないよ」

「私が平気じゃないわ」

俺と小麦の声がぴたりと重なる。

「あはは、すごーい、さすが幼なじみー!　もー……、こういう空気になるのが嫌だから言いたくなかったのにー……」

鳩尾さんの声が弱々しく消えていく。

「あのね、そんなオオゴトにもしたくないし、ホントに平気なんだけど、でも、次、なにかあったらすぐ言うね」

絶対にそうしてほしい、と、俺と小麦は強くうなずいた。

でも、もしかしたら、今のも、あくまで鳩尾さんは俺と小麦を安心させようと、ある種サービスで頼ってくれてるんじゃないのか？

もっと、鳩尾さん自身がやりたいことをしていいのに。

なにをしたいのか教えてほしい。そうしたら全力でそれに協力するのに。

ともかく、この件に関してはなにかできることから対策を打たなければ。消極的な方法にはなるけど、部室には鍵《かぎ》付きロッカーが置いてあるので私物を移動してもらう、とか。

「わたしね」

鳩尾さんがぽつりと言った。

「思ったんだけど、もし一年生の子二人が犯人だとしたら、好きな人を取られて、高校デビューを見破られた結果の逆恨みをしてこういうことしたってことでしょ？」

「うん」

そうやって言語化してみると、理不尽すぎて吐き気がする。

「だったらこうやってじめじめしちゃうの、相手の思うツボっていうか、仕返しの仕返しで、きらきらの青春を見せつけるべきだと思うの！」

「…………は？」

それが、鳩尾さんのしたいこと、なのか？

冗談なのかもしれない。強がりなのかもしれない。気遣いなのかもしれない。お愛想で、事なかれ主義で、言いたいことをこらえてるだけなのかもしれない。

でも、もしも。仮に、万が一、これが鳩尾さんの本音だった場合——俺はなんとしてでもそれを叶《かな》えてあげたい。

きらきらの青春。奇しくも、俺の手の中にはうってつけのものもある。

先ほどはバッティングしてしまったが、動くべきは今なのかもしれない。

「鳩尾さん」

なあに、と視線を合わせてくる鳩尾さんに、俺は少し緊張しながら、手を差し出した。

「俺、水族館のチケットを二枚持っているんだ。土曜か日曜、都合がよければ一緒に行かないか?」

しん——とあたりを静寂が包んだ。

鳩尾さんと小麦はそろってぽかんと口を開けている。

呆《あき》れられている。やっぱりこういうことではなかったのか。俺はどうあがいても空気の読めない奴で、無理して明るくしている鳩尾さんを真に受けて、浮かれた提案をしている大ばか野郎なのか?

なんで今それ言うのよ、とか、多分小麦が俺に苦言を呈そうとした、そのとき。

「わたしも、持ってる」

鳩尾さんから予想外の返答が来た。今度は俺と小麦がぽかんとする番だった。

「わたしも二枚持ってるの、水族館のチケット。わー、びっくりしちゃった……。仲良しだね――……？」

なぜか他人事のように言う鳩尾さんがポケットから取り出したのは、俺が持っているのとまったく同じ、コンビニ発券したチケットだった。鳩尾さんも買っていたのか！　つまり結果として、三人のうち、あのコンビニで、あの雑誌を読んで、デートという発想とチケット購入という行動に繋げられなかったのは俺ひとりだけだったってことか？

「これはもう、水族館に行くべきだって神様の思し召しだよね。三人で行こっか！」

「は？　なんで私も？」

小麦が露骨に嫌そうな顔をする。そりゃそうだろう。自分が誘われたら本末転倒だ。俺と鳩尾さんにデートをさせたかったんだろうに。

んふふふ、と、なぜか鳩尾さんは訳知り顔でにやにやしている。

「小麦ちゃんこそわたしに気を使わないでよー。チケットは四枚あるんだよ？」

「二人で二回行けば？　きらきらの青春っていうなら恋人のデートでしょ」

「一枚は誰かにあげればいいよ！　部員の親睦会っていうのも十分きらきらの青春じゃん！」

しばらく小麦と鳩尾さんは俺そっちのけで話し合いをしていた。俺はチケットの入手経路を考えれば小麦の味方をするべきだったのだろうが、鳩尾さんの気持ちも汲みたかった。

俺は板挟みで口を挟めない。二人はお互い意見を譲らない。このまま平行線かと思いきや。

「さっきね、わたしがひどいことされたら平気じゃないんだって二人そろって言ってくれたでしょ。それ、うれしかった。すごく。……だから、できたら、水族館は三人で行きたいなあ、なんて」

しおらしく鳩尾さんにそんなふうに言われたら、小麦が断れるはずがない。

「わかったわよ……」

「わーい、楽しみだねー!」

そうして。

次の日曜日に、報道部の親睦会として、三人で水族館に行くことが決定した。

頭を抱える小麦に、鳩尾さんがはしゃいで抱き着いている。

俺は本当のところは、今すぐ嫌がらせの犯人探しをしたい。なんらかの制裁を与えたい。因果応報を思い知らせてやりたい。なんのための報道部だ。小麦だって同じ気持ちだろう。

でも、鳩尾さんのやりたいことがそれじゃないのなら、深刻な雰囲気になるのが嫌だというのなら、無理強いはできない。被害者ならばいつまでも悲しい顔をしていてくれ、と望むような真似をしてはならない。

鳩尾さんがきらきらの青春を願っているのなら、俺の怒りはしまっておくべきだ。

全力できらきらして、見せつけてやるべきなのだ。

小麦もきっと同じことを考えたからこそ最終的に了承したのだ。

正直、この行動が正解なのかどうかはわからない。

ただひとつわかるのは、鳩尾さんはひどい目に遭っても、いつも自分でこうやって立て直してきたのだろうということだ。

その健気《けなげ》さに胸が潰《つぶ》れそうになる。

俺は頼れる彼氏にはほど遠いけど、これからは一緒に悩めるような関係になりたい。そう思わずにはいられなかった。

9

日曜日――報道部親睦会開催日。

集合場所は地下鉄の駅を出たところにある広場だ。

少し歩けば水族館への直通便が出ているバス停がある。

「あっ！　安芸くーん！　こっちー！」

広場に着くと、鳩尾さんの声が聞こえた。

どうやら俺の到着が最後だったようで、すでに二人の姿があった。そちらに向かう俺の目は自然に小麦に吸い寄せられた。私服を見るのは久々だ。

だるっとしたパーカーワンピースに、ごついスニーカー。

普段着そのもので、柴田の散歩に一緒に行ってたときとか、弟妹を公園で遊ばせるときの格好。制服姿の小麦しか見たことない奴らは、さぞかし驚くだろう。クールでいかにもきちっとしたものを好みそうなのに、小麦の服の趣味は結構ユルいのだ。

ギャップがあって面白いよな、じゃなくて。

なんで俺は彼女である鳩尾さんより先に小麦を見てるんだ？

全然関係のないことだが、クラスメイトのアイドルファンの男子が俺に『推し』について熱く語っていたことを思い出す。――箱推しって文化あるだろ、グループ全員好きってやつ。あれオレ納得してなくて。たとえば三人なり五人なり十人なり、全員が一気にステージに登場したときに真っ先に目がいっちゃう子が絶対いると思うんだよ。箱推しとか言っといて、やっぱ、イチオシは絶対あるんだよ、と。本当に、全然関係のないことだが。

「ごめん、待たせたかな」

「んーん、全然。まだ約束の時間になってないし」

俺は意識して鳩尾さんのほうだけを見た。すると。

「は？　めちゃくちゃ可愛いな」

ぽろっと脳みそ直送の感想が零れ落ちてしまった。

鳩尾さんの私服は、胸の下で切り替えになっている白いワンピースだ。上に薄手のカーディガンを羽織《はお》っている。色使いが大人しいせいか制服姿よりもだいぶ落ち着いて見える。

清楚で上品で、どこぞのお嬢様のようだ。

「えっ？　あ、ありがとー、……えへ」

鳩尾さんは照れたのか、小麦のうしろに身を隠した。そういうところも可愛い。

こんなにも可愛らしい人が俺の彼女だなんて信じられない。そんな彼女がめかしこんできてくれたのに、ほかの女子に先に目がいくなんてどうかしてるよな。

「安芸くんの私服結構ラフなんだね？」

ひょこ、と小麦のうしろから鳩尾さんが顔だけ出す。

「なんか制服以外初めて見たからドキドキしちゃうよ。かっこいいー」

「ど、どうも」

「それデート服なの？」

腕組みした小麦が謎の重鎮感を醸《かも》し出《だ》して言う。プロデューサー面というかなんというか。

パーカーとかあからさまな普段着で来てんじゃないわよ、もっとキレイめ一張羅用意しなさいよとでも言いたいのか？

「し、親睦会だろ今日は？　さすがに鳩尾さんとデートだったらここまでの普段着では来ないよ。もっと気合い入れる」

「……ふうん」

査定してきたわりに、どうでもよさげな返事だ。なんなんだよ。

「小麦ちゃんも私服すごく可愛いよ！　ね、安芸くん！」

「ちょっとやめてよ」

小麦は本気で嫌そうな顔をしている。なんと答えたものか、ええと……と俺は口ごもる。

「安芸くん、ノーコメントなの⁉　小麦ちゃんにも一言くれなきゃ私がやだ！」

そこまで言うなら褒めるべきか？　彼女の前でほかの女子を褒めるのってマナー違反じゃないのか？　少なくとも可愛いというワードだけは出してはいけない気がする。

「加二は、スポーティーで健康的で……」

「つまり可愛いんだよね？」

「か、可愛い」

結局言ってしまった。そうだよねー！　と鳩尾さんは気を悪くした様子もなく笑っている。

「……ばかじゃないの？」

むしろ気を悪くしていたのは小麦だった。やっぱマナー違反だったか。

「ねーねー、三人で写真撮ろうよ！」

鳩尾さんがスマホを構える。さすがに今日は部室の一眼レフは持って来ていない。

「まだ水族館にも着いてないでしょ……」

「着いたらまた撮るよー！　ほらー！」

鳩尾さんのため、きらきら青春で過ごすことを意識しているせいか、小麦もそこまで抵抗しなかった。一枚、ぱしゃり。

「んー、なんかわたしだけカッチリしすぎちゃったのかなー」

三人で並んだ画像を見て、鳩尾さんが少し残念そうに言う。

俺は普段着なんかで来るんじゃなかった、と後悔した。親睦会という名目だろうが、好きな相手がいるのなら、おしゃれしたくなるものなのだ、きっと。少しでも自分をよく見せたくなるはずなのに、俺は……。

「あっ！　バス来ちゃったよ！　急げ急げー！」

「もうっ、危ないわね」

鳩尾さんは小麦の手を取り、バス停へと早足で向かっていく。

俺は二人のうしろをついていく。

今さら気付いたけど、俺とつきあっていたときの加二って、俺と二人で出かけるときにはおめかしをして来てくれてたんだな。今みたいな格好で来たことなんかなかった。

多分俺のためだったんだろうに、全スルーしてた。

可愛いとか言ったことあったか？　いつもと違うじゃん、とか、見慣れない服だな、とか、事実だけを述べた気がする。最悪だろ。

って、小麦のことを考えてどうする。

今日は全力で鳩尾さんに集中する。鳩尾さんのきらきらの青春をやり尽くす。俺は、鳩尾さんの彼氏なんだから。

水族館に到着して、今度は俺のスマホで写真を撮ったあとで、館内に足を踏み入れる。

「おぉー。大盛況ですなー」

鳩尾さんの言葉は館内の混雑具合に対しての感想ではない。

いや、休日だし客は大勢いるのだが、もっと密集状態に見えるものが目の前にあるのだ。

順路すぐのところにある大水槽。視界いっぱいを埋める大量のマイワシの群れ。薄暗い館内の中、ライトアップされて銀色のうろこがきらめいている。

水槽に反射した光が、鳩尾さんの顔でゆらゆらと揺れる。幻想的な美しさと、わくわくしている子供っぽい表情のギャップに、少しどきりとした。

「すごいよねー三万五千匹って。三万五千匹って何匹だーって感じだよね」

「三万五千匹だよ」

突っ込みどころみえみえのベタなボケとベタな返し。だけど鳩尾さんは、楽しそうにくすくす笑った。お約束を一緒にやるのって、距離が近づくのかもしれない。

時折顔を近づけて会話をして、マイワシに夢中になる鳩尾さんを微笑ましく見守って、逆に水槽を見てる俺の横顔を鳩尾さんからいきなり撮られて驚いてちょっと怒ったふりして——なかなかいい感じの雰囲気を共有できているんじゃないだろうか。

「暗いっていう口実もあるし、せっかくなんだから、手……とか、繋いだら?」

調子に乗った途端、だめ出しがきた。

鳩尾さんの目を盗んで、小麦が後方から囁《ささや》いてきたのだ。首筋に吐息がかかって、ぞくりと思わず身震いをしてしまった。

鳩尾さんはマイワシを追いかけて少し離れた位置で水槽を見ていて、小麦は気を使ったのか俺たちと少し距離を置いていたはずだが。

「ええと……?」

とっさに頭が回らなくて、言われるがまま小麦に手を差し出した。

一瞬だけ小麦が固まった。その後、小麦の顔がどこかひきつったように見えたけど、気のせいか。きっと、光の加減で歪《ゆが》んで見えたんだろう。

「……っ、私となわけないでしょ?」

「あ、ああ。そっか、そりゃそうだよな」

鳩尾さんと手を繋ぐための打診をしろ、彼氏だろう——と言いたいのだろう。

当たり前だ。小麦が俺と手を繋ぎたいはずがない。

超絶イケメンからでさえ無断で触られたら即好感度がゼロになる、頭ポンポンも手相占いも俺マッサージ得意なんだよねも滅びろ——などと、過去、姉ちゃんもよく言っていたのに、思い上がった行動をしてしまった。

「鳩尾さん、暗いし、あの、はぐれるかもしれないから」

「えっ？　あっ……、ちょ、ちょっと待って……？　えーとね……」

鳩尾さんに声をかけにいく。鳩尾さんはおろおろと手を後ろに隠した。

最悪なことにまたしても姉ちゃんの愚痴が浮かぶ。——手を繋ぎたいがためにいちいち理由つける奴ってウザいわー。はぐれるからー、とか、急ぐからー、とか。そんなんなら手を繋ぎたいってストレートに言ってくれたほうがいくぶんマシだわー。

まさに今の俺だった。え、俺、気持ち悪いのか、もしかして？

「は、鳩尾さん、別に無理にってわけじゃ……」

「あの、じゃあ、………ここにする」

ちょい、と。

俺が怖気付いて言葉を引っ込めようとした瞬間、鳩尾さんは手ではなく俺の袖口《そでぐち》を軽くつまんだ。

「だ、ダメ？　う、動きにくいかな……？」

「い、いや別に、大丈夫……」

「わー、もー、ごめんね、なんか」

「ぜ、全然全然」

困ったような上目遣い《うわめづか》い。なんだか脈が速くなる。

要は、鳩尾さんのさっきの逡巡《しゅんじゅん》は、単純に手を繋ぐことに照れていたってことなのだろう。

報道部の写真を撮ったときに腕を組まれたが、今はシチュエーションが違う。勢い任せにできなかったのだ。

余計なことを考えてしまったせいで、ヘタれるところだった。ただでさえ彼氏としての性能が低いのだから、せめて堂々としていたい。

「あれ、小麦ちゃんはどこ行ったの？」

きょろきょろと鳩尾さんがあたりを見渡す。

後ろをついてきていたはずなのに、いなくなっている。もしかして、小麦、気を利《き》かせてはぐれた振りでもするつもりか？

今日はきらきら青春がメインなんだから、そんなことをしたら鳩尾さんが悲しむだろう。手を繋げという恋人アドバイスを実行に移した俺が言えた立場じゃないけど。

「……あっ！」

鳩尾さんが小さく声をあげた。

少し先の順路で、小麦が転んだところだったからだ。はしゃいで変則的な動きをした子供と接触したようだ。ごめんなさい、と家族連れに謝られている。

「――――っ、大丈夫か？」

俺は反射的に小麦のところに向かい、膝《ひざ》をつく。

「ばかっ、なんでこっちに来るの？」

小麦からキッと睨まれる。周りの客が、どうしたと一瞬振り返るような声のボリューム。

「え、なんでってお前が転んでるから……、あ、違うぞ、お前だからとかじゃなくて、一緒に来た奴が転んでたらそうするだろ、普通に、人として当然」

やけに早口になってしまったのは、やましかったからだ。

「……ああそう」

「う、うん」

小麦は納得したようだが、俺が言ったのは嘘だ。いや、嘘ではないけど、人として当然じゃなくて、小麦だからで合っている。

駆け出したあの瞬間、完全に鳩尾さんのことが頭から飛んでいた。

手を振り払った意識すらなかった。事実だけを見れば、自分から言い出して繋いだ彼女の手を一方的に離し、置き去りにして、ほかの女のところへ駆けつけた――ってことだ。

どこがきらきら青春だ？　我ながらありえない。俺が鳩尾さんなら泣いてる。

「もー、小麦ちゃん、危なっかしいよー」

「さ、桜子……」

遅れて駆けつけてきた鳩尾さんはけろっとしていた。置いていかれて傷ついているような素振りはない。

でも、たとえ鳩尾さんが許してくれるとしても、今のは絶対にだめだ。俺の中での優先順位はどうなっているんだ。明らかに間違えた。手を繋ぐところからやり直さなければ。

「ほらあ、危ないからわたしと手ぇ繋ご！」

「え、ええ。ありがと」

鳩尾さんが小麦の手を取って助け起こす。

そのまま二人が手を繋いで進んでいって――決意むなしく、結局、俺にやり直す機会はやってこなかった。

◆◇◆

恥ずかしい、恥ずかしい、恥ずかしい。

誰か今すぐ枕《まくら》と布団《ふとん》を持ってきてほしい。枕に顔をうずめてわーわー叫んで足をばたばたさせたい！

なんて自意識過剰だったの。玄が桜子より私を優先した――とかいうとんでもない勘違いをして、怒って声を荒らげてしまうなんて。そんなことありえないのに。

桜子みたいな可愛くていい子とつきあってて、私は名目だけの元彼女で、恋愛的な意味では今も昔も玄に意識されていないのに、ばかみたい。

桜子と同じ舞台に上がっているかのような勘違いをして、思い上がりも甚《はなは》だしい。

玄は、桜子とのデートだったら気合いを入れると言っていた。

私とつきあっていた当時は、いつだって今日みたいな普段着で来ていたくせに。

今日の私の適当な格好を可愛いとも言っていた。

私とつきあっていた当時は、そんなこと言わなかったくせに。

動きにくいけどシルエットの綺麗なスカートとか、そういう慣れないおしゃれを一生懸命していても気付かなかったくせに。今さらばかなんじゃないの。

でも、なによりばかなのは、桜子に誘導されたも同然の可愛いの一言に、内心浮かれてしまった自分だ。本当に、なに喜んでんのよ、私のばか。

「あっ、見て見て！　小麦ちゃん！」

声をかけられて我に返る。私の頭の中がこんなにぐちゃぐちゃになっているなんて、きっと誰も思ってなくて、そういうところだけはあまり感情が出ない顔に感謝する。

「なにを見るの？」

桜子に手を引かれて、展示の前まで連れていかれる。

「たこー！　わたし、たこ好きなんだよねー」

「知ってるわよ。たこ焼きも好きじゃないの」

「あはは、うんそう、食べるのも好きだけどー、たこ、カッコイイでしょー？」

「かっこいい……？」

桜子の見た目の印象からすると、深海生物を怖いって言いそう、とか他人は思うんでしょうけど。その実、この子の趣味は、ちょっと世間とズレている。……でも、そういうところも可愛いのよね。

「血が青で心臓が三つ！　頭もいいんだよ。無脊椎動物の中で一番賢いらしー！」

「間違いなく侵略者ね……」

「あっ、こっちはメンダコせんぱーい！」

「先輩……？」

「くうー、可愛いー」

「この形状一番エイリアンじみてるわよね」

「なんでー⁉　メンダコパイセンは深海のアイドルだよ？　耳とかすっごい可愛いじゃん」

「あれヒレでしょ？」

「あっ、泳いだ！　パラシュートみたい！」

「人間の顔面に貼りついて捕食するタイプよね」

「もー、エイリアンから離れてよー。なんでわかんないかなー、この愛らしさが」

むう、とそれこそたこのように唇を突き出す桜子のほうがよほど愛らしい。

私はこっそり息をつく。

桜子が楽しんでいるようで本当によかった。

部室でノートの落書きなんかを見つけたときは、つらくて悔しくてたまらなかった。本当は、今すぐ犯人を見つけてやりたい気持ちもある。でも桜子がきらきら青春とやらをやりたいのならそれを優先する。犯人のことを気にしている素振りなんか見せない。

だって私は桜子の友達なんだから。

「安芸くんとおそろいのキーホルダーのメンダコも可愛かったでしょー?」

「そうね」

「リュックのほうに付けてるから今持ってないんだけど、あれお気に入りなんだー」

……それ、実は私がアドバイスしたんだけどね。

はっとする。どうして。なんで。そんな意地悪な言葉が頭に浮かんでしまうなんて、私、どうかしてるんじゃないの。

「あっ、そうだ、せっかく水族館来たんだしさ、今度は三人でおそろいにしようよ。小麦ちゃんはなにが好き?」

「別に……なんでもいいわ……」

「えー?」

自己嫌悪にかられた。桜子はいい子すぎる。

私なんて、画像一つさえ送るのをやめたのに。さっき、桜子と玄がマイワシの水槽にいるときに、こっそり横から二人の写真を撮った。でも、あんまりにもカップルらしくて、お似合いで、なぜだかどうしても送ってあげられなかった。

こんなみみっちい私を玄が選ぶ可能性なんて万に一つもない。こうして高慢な言い方をするところも最低。そもそも私なんか眼中にないのに。玄が私を好きなわけがないのに。

ところで、今、あいつはなにをしているの。

振り返ると、ちょっと離れたクラゲの水槽の前に玄はいた。けれど、ぱっと顔を逸らされてしまった。私と目が合うか合わないかというタイミングで。

弟妹がいたずらを隠しているときのような反応。

なにをぐずぐずしているのか知らないけど、さっさと桜子の手を取りに来なさいよ。さっきから私と桜子がずっと一緒に水槽を見て回っているけどどういうことなの?

「あのね、タコって自爆装置もあるんだよー」

玄と自分の場所を交換しようとした瞬間、逆に、桜子が私の手を引っ張ってきた。意外なほど強い力で。まるで、玄のほうに行かせまいとしたみたいに。……気のせいよね?

「ますます地球外生命体っぽいじゃないの。なに、自爆装置って」

「自爆する装置が組み込まれてるんだよ、遺伝子に! おかーさんになって卵を産むとね、ごはん食べられなくなるの」

「……産後鬱《うつ》?」

「違くてー、食べなくてもいいってアタマが勝手に命令してくるの。我が子が独立するまで子育てのことだけやるのじゃぞ～って」

「へえ。それで食べなくても生きていける体になるってことなの？」

「ううん。普通に衰弱するから子供が卵から無事に生まれたらそのまま死ぬよー」

なぜだか少し居心地が悪くなった。桜子が手の繋ぎ方を脈絡なく変えたせいかもしれない。指を絡ませる、いわゆる恋人繋ぎ。別に今までもこうやって手を繋いだことはあるのに。

指をこすりつけるような、やけにねっとりとした動きに驚いてしまった。

「どうしたの、桜子？」

「でもさ、わたしがその子供だったら悲しいなあって」

「え？」

「いきなりいなくなっちゃうなんてさ。同じように生きてほしいっていうか、……自分のために身を犠牲にされてもうれしくないよねー？」

桜子の指に、ぎゅ、と力がこもる。

「……桜子？」

「ごめんね、小麦ちゃん」

なんの謝罪をしているのだろう。具体的に思い当たることはない。……ない。桜子に謝られることなんてなにもない。ないはずなのに。

心臓が大きく脈打つ。どくりどくりと音がうるさい。

「小麦ちゃんと一緒だったら部活楽しいだろうなあって結構強引に入部させちゃって。甘えすぎちゃったよね?」

「あ、……ああ、そのことね」

思わず身構えていたのだけど、……私はなにを言われると思っていたのだろう。

「いえ、いいわ、別に」

「ホント?」

桜子が私の目をじいっと覗《のぞ》き込んでくる。綺麗な黒い瞳《ひとみ》。なにかを見透かされそうで、少し怖くなって、さり気なく水槽のたこに目を移す。

「本当よ。報道部の番組にちょっと興味があったっていうのは間違ってないから」

「……そっかー! うひひ、よかったー」

一年生のときに目にしたその番組。本当は、放送内容なんか覚えてない。ADのような役割をしていた玄が時々見切れるのを見てただけ。…………私のばか。

手を離そうとするたびに絶妙なタイミングで引っ張られる。

結局、桜子とずっと手を繋いでいたのは玄ではなくて私だった。

私の好きなペンギンのコーナーで、こんな愛らしいものを好きというのは似合わないんじゃないかしらと無反応でいたら、桜子にはバレバレで、「もう、小麦ちゃん、好きなら好きって言えばいいのにー」とからかわれたり。

触れ合いコーナーでアメフラシに触る桜子に、小麦ちゃんも触れば？　と促され遠慮していると、「もー、怖くないよー。なんでそうやって戦う前から逃げるのー？」と、可愛らしく拗《す》ねられたり。

玄は時々話に混ざったり、写真を撮ってくれたりしたけど、どちらかといえば、その行動は彼氏っていうより、孫を見守るおじいちゃんだった。桜子にもっとぐいぐいいきなさいよ、と思う一方、どこかでそんな姿を見たくない自分もいて、心と体がばらばらになりそうだった。

さすがにイルカショーでは桜子を真ん中にして座ることにした。

桜子は適当に好きなところを巡っていると見せかけて、イルカショーの席取りを念頭に置いて完璧な時間配分をしていたらしい。

「正直、こんないい席初めてだわ」

「俺も」

一番前という特等席に座れた。イルカは好きなので、この席はうれしい。けれど、私がはしゃいだところで意味がない。カップルの邪魔にならないよう、興味のない振りをする。

無を貫いていると、カシャリ、と、隣からシャッター音がした。

「小麦ちゃん、実はわくわくしてるでしょー？　お見通しですぞぉ」

はっと顔を向けると、桜子が私の横顔を撮っていた。いえーい、とピースされる。

「ふいうちはやめてったら」

「もー、可愛いのにー。ほら、安芸くん。可愛いでしょ？　画像送ってあげよっか？」

「俺がもらったところでどうすんの、それ。あはは……」

心臓がきゅっとなった。一眼レフのカメラで桜子が写真を撮っていた部活のときも、同じことを言われた。私の写真はいらない。それどころか、今の様子を見ていると、私の写真をもらうっていうのは、ギャグみたいな扱いだった。玄が私の写真を欲しがるのなんて笑っちゃうくらいありえないってこと。当たり前のことなのに、どうして傷つくんだろう。

このあとも、桜子が三人での写真を撮ったり、イルカショーの舞台装置を撮ったりしていたけど、どこか離人感があって、すべてが遠くで起こっているかのようだった。

「鳩尾さん、もし部活で番組作ってるときに入ってくれたら、タイムキーパーとかうまくやってくれそうだよなあ」

ショーがもうすぐ始まるという放送が入り、玄がしみじみと言った。桜子のおかげで最前列に座れたと改めて実感したのだろう。

「えへへー、ほんとー？　褒めすぎだよー」

桜子ははしゃいでいる。それも、わりと本気で。

この子は人よりも容姿が整っているので、報道部みたいな部活に入ったら、まず表舞台に立たされる。桜子をしみったれた裏方なんかに回そうって発想自体がない人もいるだろう。たとえ、桜子が裏方に適した能力を目の前で発揮しても、だ。

桜子が男子生徒から『美人は美人って言われ慣れているからあえて貶《けな》してからかって興味を引こう』みたいな謎のアプローチをされていた現場に居合わせたことがある。

でも、そんな嘘っぱちな小手先の技術を弄する輩なんかより、玄のほうがいいに決まっている。対等に人として向き合って、きちんと人格や能力を見てくれるのだから。

桜子もきっと玄のそういうところが好きなんだろう。

二人は今はまだ知り合ったばかりで遠慮しがちなところもあるけど、いいカップルになる。絶対に。そう確信して、紹介して、仲人みたいなことをしたんだもの。

なのに、私はどうしていつまでも諦められないの。

……ああもう、頭を冷やさなきゃ。

冷えたわ、頭。文字通りの意味で。

「あっはっはっはっはっは！」

桜子は大笑いしている。綺麗な服も、セットした髪も台無しになっているのに。

桜子だけではなくて、三人ともずぶ濡《ぬ》れになってしまったのだ。想定以上にショーの水が飛んできて、全員びしょびしょになるまで頭から水をかぶった。

「こ、こんな水浸しになるなんてねー、ぶふっ、あはは」

桜子の止まらない笑いに、ふふ、と私もつい笑ってしまった。桜子と一緒にいるとよくこうなる。楽しい。私が玄への未練なんて抱えてなければ今だってもっともっと楽しかったのに。……ばか。

「鳩尾さん笑いすぎ。俺、スマホ死ぬかと思った」

「あはは、可愛いイルカ撮れた？　ごめんねー。水に流してくれる？」

「うまいこと言ったった！　って顔やめて」

玄も本気で責めているわけではなくて、つられて笑ってしまっている。

二人は、私が思っているだけじゃなく、第三者から見ても、幸せなカップルだ。

相思相愛の。……………あれ。

でも、玄は桜子のことをどう思っているんだろう。

もちろん、好きなはず。二人はつきあっているし、絶対に玄は桜子のことを好きになるって私は確信していたけど、今この瞬間に至るまで、玄本人の口から桜子のことを『好きだ』って言っているのを、私、聞いたことがないような。

まさか、桜子のアプローチに押されて成り行きでとか？

好きなら、今日だって、ちょっとくらい二人きりにさせろよ、とか私に言ってきてもおかしくないと思える。なのに、そういうのが全然ない。

もし、万が一、ほだされただけだとしたら。

――……桜子には私と同じ目に遭ってほしくない。

だって、桜子は私の大事なお友達で、すごくいい子なんだから。

今度こそ玄はつきあった相手のことをちゃんと好きになってあげてほしい。

私が、恋心を捨てるためにも、絶対に。

「でも本当にどうしよっかー。びっちょびちょ。軽く乾くまでここにいてもいいのかなー？」

桜子があたりを見渡す。ほかの観客は移動し始めていて、だんだんと会場から人が減っているところだった。

「ここ日当たりいいからなあ。清掃の人が来るまでいさせてもらえばいいんじゃないか？」

「そーだね。って、うわっ、ごめーん！　小麦ちゃんが一番大変だよね、髪長いし」

桜子がくるりと私のほうに振り返る。本当に心配そうに、あわあわしてる。多分、ロングだからすごく丁寧な手入れをしていると思っているんだろう。

「私くらい長さがあるほうが絞れるから問題ないわよ」

「ダメだよー、そんなの。傷んじゃうでしょ」

桜子は、高いシャンプーとコンディショナー、トリートメントも欠かさずにって感じでしょうけど。私はそのへんの量販店にあるもので、案外雑に扱ってるから気にしなくていいのに。

「ちゃんと拭くものもあるから平気だってば」

「……あ」

私が大きめのタオルを鞄から取り出したのと同時に、手拭《てぬぐ》いを手にした玄が声をあげた。

私の鞄にはフェイスタオルが常備されている。今より小さかった弟妹のお世話をしていたときの名残《なごり》というか癖《くせ》で。小さな子って本当にいろいろすぐこぼすから。

玄は玄で、常に手拭いを携帯している。玄のおばあちゃんがそういうことをしていて、真似をしていたら、いつの間にか習慣になったらしい。

「なによ。私に貸してくれるつもりだったの？」

玄。やっぱりあんた、ばかじゃないの、桜子を先にしなさいよ。と、言いそうになったものの、ちゃんと止めた。同じ過ちは繰り返さない。だって、これは私を優先したわけじゃなくて、被害が一番甚大だった私への単なる気遣いだから。もうわかってるの、そういうの。

「私はいいから、桜子に貸してあげたら？」

「えー、ホント？　じゃあ拭くのもお願いしちゃおっかなー」

桜子は多分、冗談で言ったんだと思う。だけど、安芸はまんまと真に受けた。「そうか、俺は彼氏だもんな」とつぶやいたかと思うと、桜子の正面に立った。そして、手拭いを広げる。

「……わぷっ、あ、安芸くん⁉」

「力加減がわからないけど、これくらいでいい？」

玄が桜子の髪を拭き出す。優しい手つきで。壊れやすいものを扱うように。

私とつきあっていたときはそんなにかいがいしくなかったくせに。

彼氏らしくしなさいって、その手のことを私は玄に何回も言ってるけど、彼氏がどういうことをするのかなんて、本当は知らない。全然、知らない。

「こういうの、うちの犬にしかやったことがないから、痛かったらすぐ言って」

彼女の髪の毛拭きながら、犬のこと話すってなんなのこいつ？　そりゃ柴田は可愛いけど、絶対今引き合いに出すことじゃないでしょ。デリカシーをどこに置いてきたのよ。

「あ、あ、い、犬って、動画の子だよね。可愛いかったー、柴田ちゃんだっけ？　安芸くんが柴田ちゃんみたいに扱ってくれるなんてうれしー」

桜子は頰を染めて、本当にうれしそうだった。

――あ。

今、私、柴田との思い出は私と玄だけのものなのに、って思った。桜子が玄と柴田の話をするところを見たくない、って思った。元々、動画を見せろ、共通話題にしろって言ったのも私なのに……嫉妬、してるんだ。意味がわからない。なんなの私。最低じゃないの。

「でも、これ、なんかすっごい照れくさいねえ。わー、どーしよ、どーしよ、……そうだ！目をつぶっておくから手早くお願いします！」

「鳩尾さん、あの……」

桜子は軽く上を向いて目を閉じた。いわゆるキス待ち顔だ。

玄もそう感じたのか、ちょっとたじろいでいる。

キスなんて、私にとっては、消し去りたい記憶しかない。

玄とつきあっていたときのそれにぼんやりと思いを巡らせる。

体育の授業の準備をしていて、たまたま体育倉庫で二人きりになったときのこと。

『小麦、一瞬、目、閉じてくれないか？』

静かに切り出した玄に、すごく焦った。だって、どう考えてもキス予告だ。今までそんな恋人らしいことしたい素振りなかったくせに、突然。

『ば、ばか、なんで、こんなところで、い、今、じゅ、授業中……』

『しっ、黙って。動かないでくれ』

『う、……うん』

私はそっとまぶたを下ろした。でも、いつまで経っても玄の顔が近づいてくる気配はなかったの。焦《じ》れて目を開けると、玄が不思議そうにこっちを見ていた。

これって、途中で怖気付《おじけ》いたってこと？

ふうん。ほっとしたような、残念なような。

『……意気地なし』

ちょっと茶化《ちゃか》したそのとき、クラスメイトの男子が体育倉庫に入ってきた。入れ替わりに、私は表に出た。

それが、私と玄の、キス未遂の甘酸っぱい思い出――ではない、決して。

このあと、その男子に『は？ なにしてたって……。加二の頭にでっけぇクモが乗ってたんだよ。怖がるかもしれないからそれは伝えずに、ぱぱっと取ったけど』とか言ってるのが聞こえてきたんだから。

つまり、目を閉じろって言ったのはクモから意識を逸らすため。

キスされるなんて思ってたのは私だけ。

ああっ、もうっ、いやっ！ 何年経っても新鮮に恥ずかしい思い出だ。

桜子は私と違う。目を閉じても玄に怪訝な顔で見られたりしない。ちゃんとキス待ち顔だって認識される。私と全然違う。

「私、ちょっとお土産売り場でも見てくるわ」

嘘、逃げたくなっただけ。これ以上、この場にいたくない。

「もー！ 待ってよ、小麦ちゃん。そう言って二人きりにしようとしてるんでしょ？」

桜子が手を伸ばし、慌てて引き止めてくる。

「本当に気を使わないでってば。この水族館のチケットだって小麦ちゃんがプレゼントしてくれたんでしょ？」

「え？」

「鳩尾さん、知ってたの？」

玄も目を丸くしている。

いつ気付いたんだろう。記名欄なんてなかったし、玄が告げたわけでもなさそう。

桜子は、玄が自らの意思で自分を誘ったと思っていたはずだ。でも、現実は、私が玄にチケットを渡してデートに誘うよう促した。それを知ったときどう思ったんだろう。彼氏が持ってきたチケットは、実はほかの女に用意されたものって……嫌じゃなかったの？

「わたしの教室の机にいきなりペアチケットが入ってたんだもん、結構びっくりしちゃったんだからねー？」

「え？」

玄のチケットの話じゃない……？

「それ、桜子が持ってたペアチケットのこと？」

「うん、もちろん！」

「あれって、桜子が自分で買ったわけじゃないの？」

「だからー、小麦ちゃんのサプライズなんでしょ？」

「私、桜子にチケットなんて贈ってないのだけど」

本当のことを言っているのに、桜子は私が嘘をつき通そうと意固地になっていると思っているらしい。またまたー、と手をぱたぱたしている。

「もー、ばればれだよ？　このチケットで安芸くんを誘えってお膳立てしてくれたんでしょ？

水族館の本を立ち読みした翌朝にチケットが二枚、机に入ってるんだもん。そんなの、小麦ちゃんしかやる人いないよー」

「桜子」

「でも、安芸くんが同じチケット持って誘ってくれたときは、びっくりしちゃったなー、さすがに。幼なじみ、仲良しだねー」

桜子の視点での現実はこう。

私がサプライズプレゼントとして、チケットを桜子の机にこっそり入れた。玄は自主的にチケットを買って用意していた。それが、たまたま水族館のチケットという同じものだった。

——なにそれ。

「桜子ってば」

「おっ！　自分がやったって認める気になった？」

「それ、本当に私じゃないわ。桜子の机にペアチケットなんて入れてない」

「…………え？」

私が嘘も冗談も言っていないことが伝わったのだろう、桜子の笑顔が強張《こわば》った。

「じゃあ誰がわたしの机にチケット二枚も入れたの……？」

「桜子に好意がある人からのプレゼントってことなんじゃないの？」

「いや、それさ」

手拭いを桜子の肩にかけて、玄が話に入ってくる。顎に手を置いて、なにか考えている。

「好意だとしても、水族館のチケットってタイミングがよすぎないか？　まるで、鳩尾さんと俺が雑誌立ち読んでたのを知ってるみたいだよな」

「なによ、それ」

玄は、誰かの嘘を見破って糾弾《きゅうだん》していたときのような顔つきになっている。完全に笑顔が消えて、ちょっと取っつきづらく見える顔つき。

「でも、鳩尾さんってスタンプに深海生物使うもんな。今はリュックにメンダコも付いてる。水族館が好きなんだろうなって連想をする人もそりゃいるか」

自分で自分の意見を否定しているけど、どこか納得していない声だ。

「だとしても、匿名で贈り物ってなんなんだよって感じではあるな。いや、匿名で寄付とかする人もいるけど。本当にタイミングがよすぎて、まるで鳩尾さんのことをなんでも知ってるぞアピールみたいだなあって」

「だから、ストーカーでもいるって言いたいの？」

玄は、昔、みんなが目を逸らしていたことを、表に引きずり出していた。真実最高マン。真実は最高なんかじゃないのに。

「いや、そんなことは断言できないけど。コンビニのとこってほかの人の気配ってなかっただろ。仮にあそこにストーカーがいたんだとしたら、盗聴器か相当隠れるのうまい奴ってことだし……、もし今日水族館であとをつけられてるとしても、気付かないよな」

本当に、思ったことをなんでもかんでも口に出すんじゃないわよ、この男。

桜子のように日常的に変質者に遭いがちなタイプとあんたとじゃ、そういうものに対する恐怖感が段違いなのに。

「もー、安芸くんってば、怖いこと言わないでよー！」

「あ、ごめん、怖がらせるつもりじゃなくて、……あっぶな！」

「きゃあっ」

ぷんぷんと可愛らしく怒った振りで拳《こぶし》を突き上げた桜子はバランスを崩した。

そこから先はスローモーションのように見えた。

桜子が座っている席からうしろに倒れそうになる。手拭いが肩から滑って床目がけて落ちていく。桜子の前に立っていた玄が、とっさに腰をかがめて正面から抱き寄せる。桜子もすがりつくように玄の背中に腕を回す。

私の目の前で、二人が力強く抱き合っている。

事故だけど、形だけ見れば、恋人同士の熱い抱擁。

それを見た瞬間、私は——。

「私のほうが先に好きだったのにぃいい————っ‼」

え。

……え？

誰。

は？　は？　なに？　なによこれ。

私、なんにも言ってないわよ、……ね？

あたりを見渡した。だって、叫んだのは私じゃないもの。

叫び声をあげた犯人。それは、やや離れた後方の席にいた女の子だった。

ばたばたと猛烈な勢いでこちらに近づいてきたその子は——。

「あなたは、ルーズリーフの子……？」

桜子が女の子を見上げて呆然《ぼうぜん》と呟《つぶや》いた。私も知っている子だった。ルーズリーフの件で報道部に来た女の子。以前、空中廊下で見かけたことがある。二つ結びの子。

「は、鳩尾さんっ、ひっ、人前で抱き合うなんて、なんでそんなはしたないことをするんですか、このっ、この裏切り者！」

「ちょっと、なんなの。落ち着きなさいよ」

私は立ち上がって、桜子に詰め寄ろうする女の子をはがいじめにして止める。

桜子の身の安全は玄に任せた。

「う、裏切り者ってなあに？」

玄に背にかばわれた状態で、桜子は対話を試みようとしている。こんな激昂《げきこう》している女の子なんて放っておいてもいいのに、どこまでも優しい。

「鳩尾さん、私にあんなに優しくしてくれたじゃないですか」

「え？　る、ルーズリーフを修復したことを言ってるの？」

話を聞いた限りだと、むしろそれしか接点がない感じだった。

「私のことなんとも思ってないなら、なっ、なんであんな思わせぶりな態度取ったんですか？」

なんのことだかわからない、とばかりに桜子はゆるゆる首を左右に振っている。

「あ、あんなのっ、絶対鳩尾さんも私のこと好きってことでしょう……っ！」

鳩尾さん『も』って……。

この子、玄じゃなくて、桜子が好きなの？

空中廊下で、玄を見てたと思ったけど、あれはもしかして桜子を見ていたってこと？　桜子を好きなのは自分のくせに、桜子こそが自分を好きなんだと、自己の感情を投影してしまったの？

「一年生のときからずっと憧《あこが》れてて、隣に並びたいって思ってて、叶わないことくらいわかってて、鳩尾さんの周りにいられる人に嫉妬して、でも、わきまえようって自分に言い聞かせてたのに……！」

こんなところで人生の棚卸を始められても困るのに。興奮していて言うことを聞いてくれそうにない。

「私はもうっ……、手紙で思いの丈を伝えて、私の気持ちをあなたに思い知らせてやって、それで終わりでいいと思っていたのに」

……今、とんでもないことを白状されなかった？

「え、と。もしかして、その手紙って……、『私のほうが先に好きだったのに』のこと……？」

「それ以外になにがあるって言うんですかっ！」

居直ることとじゃないでしょうに。思い知らせてやる、その加害欲求があんな恐ろしい手紙に形を変えたってこと？

「でも、鳩尾さんが報道部に入ったってことはもしかして私の想いに心打たれて私を探してるんじゃないかって、だったら名乗り出ようって会いにいったのに、緊張しちゃって、前に失くしたルーズリーフのことを言ってごまかして、そしたら、すごく一生懸命探してくれて、しかも、あんなに優しくしてくれて……そんなの……」

桜子の周りにいる誰よりも桜子のことを先に好きだったのにって、桜子本人に伝えて、それで自分の気持ちに折り合いをつけて諦めようとした。だけど、ルーズリーフの一件で、個として認識された。しかも優しくされたことで桜子が自分を好いていると勘違いしたってわけ？

なんなのよ、その思考回路。

そう言いたいところだけど、一年のときから、桜子に同じような言い掛かりをつけてくる人を何人か見たことがある。桜子も自分のことを好きだと思い込んでしまう人々。

当然、桜子には身に覚えがないから、その人たちの想いは成就しない。

プラスの感情って簡単にマイナスへと反転する。

愛は憎悪へ。恋は嫌悪へ。情は罪悪へ。

一年のときに桜子に言い寄っていた男もそうだった。振られた途端、悪口三昧。

この女の子もご同類なのね。

桜子のことを勝手に好きになって、勝手に裏切られたと思って、勝手に憎みだした。

この子の視点で考えると、桜子は、自分に気がある素振りをしているくせに、玄とつきあいだしたってことになる。

だというのなら。

「ねえ、もしかして、桜子の上履きを隠したりノートを汚したりしてたの、あなたなの？」

「当然の報いでしょう！　私の気持ちをさんざん弄《もてあそ》んだんだから！」

二つ結びの女の子は、暴れて天を仰《あお》ぐ。

彼女の中では自分こそが悲劇のヒロイン。少し残っているイルカショーの観客が奇異の目を向けてきてるけど、ちっともおかまいなしで、自分に酔っている。

もう！　桜子のノートをぐちゃぐちゃにした犯人に会ったら、絶対なにか言ってやるって思っていたのに、めちゃくちゃすぎて、言葉が出てこない！

とにかく今は桜子に近づけさせちゃいけないってことしか考えられない。

「犯人、あいつらじゃなかったんだな……」

玄が呆然と小さくつぶやく。

私のカフェに来ていた一年生女子二人組。

実をいうと、私も彼女たちを疑っていた。まさか無関係だったなんて。

「仲直りのチャンスもあげたのに！　どうしてチケットを私に持ってこなかったの！」

「え、あの、チケットを机に入れたのも、あなたなの……？」

「私を誘ってくれれば全部水に流してすぐに仲直りしてあげようと思ってたのに！　なんでほかの人を誘っちゃうんですか！」

自作自演の誘われ待ち。アグレッシブな受け身。

結局、私が何気なく言った、ストーカーというのが一番正解に近かった。

「すごい認知の歪みだな」

怒涛のごとく喋っていた女の子が息切れして、少し静かになった。

そこで、玄が吐き捨てるように言った。

桜子がひどい目に遭わされている、それだけで怒るのには十分。さらに、相手は虚実入り交じるどころか、嘘に嘘を重ねているのだから玄が腹を立てない理由がない。

「なによ、ポッと出！　なんで、なんで、あなたみたいなのが鳩尾さんとつきあえるのよ⁉

私は、私は、私のほうが、ずっと、ずっと、好きだったのに……！」

「順番なんて関係ないだろ！」

——————。

玄が吠《ほ》えた瞬間、目の前が真っ暗になった。

二つ結びの子の自分勝手な言い分に玄が正論を返しているだけ。

それだけなのに。

「先に好きになってきたほうを好きにならなきゃいけないなんて、そんなばかな話があってたまるかよっ！」

そう。そのとおり。私のほうが先に好きになったのに、なんて呆れた逆恨み。手紙の文面を見て私もそう思った。差出人はどういう神経してるのかって。ああ、なのに。

私は、気付いてしまった。

桜子を報道部に取られていいのかって玄に聞かれたとき、私、なんて返した？

私が先に桜子と仲良くなったのに、だ。

桜子が二つ結びの女の子が玄を好きかもと不安がっていたときは？

あなたが先にいいところに気付いたんだから自信を持って、だ。

私。私は。心の片隅では——本心では。

先に好きになったほうに優位性があるって思っていた。

桜子より私のほうが先に——。

それを、今、玄にはっきりと否定されたのだ。

「な、なんで、あんたがそんなことを言うのよ……！」

二つ結びの女の子が、わなわな震えながら言葉を絞り出した。

「わ、私が、私が先に」

「そう言われても、わたし、あなたのことをなにも知らないよ？」

桜子がとどめを刺すのかと思った。そうではなかった。

「あなたもわたしのことを全然知らないみたいだし。どうしてちゃんと気持ちを教えてくれなかったの？ それに、わたしの気持ちも聞いてほしかったな。想像と現実は違うよ。今からでも遅くないから、現実のわたしを見て？」

桜子は、この状況ですら相手に手を差し伸べようとしている。

私なんかとは違って、どこまでも優しい。

玄は想定外だったのか、怒りが引っ込んでしまったらしい。驚いて、困惑している。まさか桜子がここまで寛容だとは思わなかったに違いない。私は元々混乱していたせいか、逆に冷静になってきた。

そういえば、桜子は、以前、好きじゃない人に好かれるのはしんどいって言ってたのに。二つ結びの子に対する譲歩は一体どういう心境の変化なんだろう。

いいえ、そんなことよりも今は。……桜子がこの子を責めるつもりがないとしても、私は黙っていられない。

「なにを考えてるのよ、桜子。あんなひどいことされたのに！　はっきり迷惑だって言ってあげるほうがいいわ」

「う、うるさいっ！　なんなの、あんた！　鳩尾さんが仲良くしようって言ってるのに、なんであんたが！　わ、私、あんたのほうが気に入らないんだからっ！」

時間が経って少し大人しくなっていたと思った女の子が、私の腕の中で暴れ出す。

「なんであんたみたいな愛嬌のかけらもないやつが鳩尾さんのそばにいつも……！」

「いっ……！」

とうとう振り払われてしまった。突き飛ばされて、後ろの椅子で頭を打つ。

私が、痛む後頭部を押さえるのと。

玄が、私の名を呼んで心配そうに近寄ってくるのと。

「小麦ちゃんになにしてるのっ!!」

桜子がすごい剣幕で怒鳴ったのは同時だった。

「わたしっ、わたしの大事な人を傷つける人なんてっ、大っ嫌い――――っ！」

玄も、二つ結びの女の子も硬直してしまった。おそらく私も、はたから見たら固まっているんだと思う。

だって、桜子がこんなに怒るところを見たのは、初めてだったから。

はあ、はあ、と桜子は何度も荒い息をつく。普段怒り慣れてないものだから、とてつもないエネルギーを消費したのだろう。

「大丈夫？　小麦ちゃん。怪我してない？」

「え、ええ、平気よ」

桜子に気遣われながら体を起こす。

「う、うう」

私と桜子を恨めし気に見ていた二つ結びの女の子は。

「なんで。なんで……。だって、だってえ〜〜〜！」

唐突に、崩壊した。

ぺたりと座り込んでわんわん泣き出した。

体中の水分どころか、内臓すら全部出してしまいそうな激しい泣き方。

だけどある瞬間、泣き声が、ふと、止んだ。

桜子がそっと彼女の頭を撫でたからだ。

「は、鳩尾さん。私なんかにまだ優しくしてくれるの……？」

二つ結びの子は、崇拝していた相手に怒鳴られて、嫌いと言われて、すっかり意気消沈している。心が折れて、折れすぎて、もはや別人のよう。

「……うん。だって、わたしも、好きな人に好きって言ってもらえないのがつらい気持ちはわかるから」

やけに実感のこもった声だった。

どうして？　好きな人とつきあってるのに？　どういうこと？

まるで桜子がそう思う理由——たとえば、自分を好きになってくれない人を好いてしまっただとか——が、あるみたいじゃない。

だからこそ好きじゃない相手、二つ結びの女の子から好かれているという桜子的にしんどいはずのこの場面で、相手を思いやる行動ができているってことなの？　共感したから？　なんでなのよ。全然わからない。

「う、う……」

二つ結びの女の子の顔色がどんどん白くなっていく。桜子の慈悲深さに触れて正気を取り戻したのかもしれない。でもそれは自分の犯した罪に向き合わねばならないということを意味している。

「わ、わ、私っ……！　いっ、色々ひどいことしちゃったし、もう、鳩尾さんにっ、合わせる顔なんか、ない！」

「許すよ」

間髪入れず桜子は答えた。萎れていた女の子は弾かれたように顔を上げる。

「わたしの生活を覗き見しないこと。この二人に攻撃しないこと。その二つは守って。……それから、ちゃんと、わたしを見て。そうしたら、仲良くなれるかもしれないよ。ね？」

にこりと。

桜子はまさしく天使の微笑みとしか形容しようがない笑顔を浮かべた。

「ううっ………！」

二つ結びの女の子は感極《かんきわ》まって、桜子に抱き着いてしゃくりあげる。

「ご、ごめんなさい……！」

まるで敬虔《けいけん》な信徒のようだった。

深く反省しているし、この子が暴走することは、もう二度とないと思いたい。

10

普段電車通学だからか、俺にとって、バスは非日常感がある。遠足とか旅行のイメージが強いからだろうか。小麦はおやつ三百円分にいつも駄菓子の占いつきのチョコ玉を入れるのに、一切占い見ずに食べててちょっと面白かったな。

そんな特別な乗り物であるバスで、自分たち以外の乗客は前のほうにちょろっといる程度の

ほぼ貸切状態、座っているのは最後部の広いシート。普段だったら大いにわくわくしていると
ころだ。

　でも水族館からの帰途である今は、俺も小麦も鳩尾さんも、いろんな意味で疲れてしまって、
はしゃぐ余裕はない。

「ふふ、見て見てー、安芸くん」

　鳩尾さんが俺の袖を引っ張って囁いてくる。耳がくすぐったい。

「な、なに？」

「小麦ちゃん、寝ちゃった」

「あ、うわ、本当だ、珍しいな、人前で寝るの。鳩尾さん信頼されてるんだね」

　小麦が鳩尾さんの肩にもたれかかって、すぅすぅと小さく寝息を立てていた。

　あどけない寝顔で可愛らしいが、変な寝言を言い出さないでくれよと気が気ではない。

「あの子大丈夫かなあ……」

　鳩尾さんが少し遠い目をする。二つ結びの女子のことを心配しているんだろうけど、本当に
優しすぎてこっちが心配になる。

　あの女子は、泣きすぎて、もはや脱水寸前にまでなって、あのあと駆けつけてきた警備員と
ともに、救護室に送り届けた。

　俺たちは、さすがに遊び続ける気にはなれず、そのまま帰ることにした。

二つ結び女子、もう迷惑行為をしてこなければいいが。鳩尾さんに諭されたわけだししばらくは平気だろうか。しかしあの手のタイプはいつまた豹変《ひょうへん》するともわからない。

そもそも、俺は彼女が行った鳩尾さんへの器物破損、名誉棄損行為を許したわけじゃない。念のため、報道部の部長権限で、彼女のやらかしたことは全部記録保存しておく。

……親、学校、進学希望先。どこかしらバラされたくないとこはあるはずだから。

たとえ鳩尾さんが許しても、リスク管理は必要ということだ。勝手にやらせてもらおう。

「それにしても一気にいろいろ解決したねぇ……」

はふ、と鳩尾さんがため息をつく。

そうだね、と俺は相槌を打つ。手紙の差出人についても、鳩尾さんへの嫌がらせについても、まさかこんなかたちでけりがつくとは思わなかった。

手紙はともかく、俺は嫌がらせの犯人は絶対に一年生女子二人組だと思っていた。逆恨みしてきた相手に今度はこっちが冤罪を吹っかけるところだった。

先入観や固定観念にとらわれるなと肝《きも》に銘じておいてこれだ。いや、この場合とらわれていたのは怒りにか？

「なんか、わたしのせいで、巻き込んじゃってごめんねー？」

鳩尾さんが力なく笑う。痛々しい。

「そんなの鳩尾さんが謝ることじゃないよ、鳩尾さんのせいでもないし」

「でも小麦ちゃんも突き飛ばされちゃったよ」

「それも鳩尾さんはなにも悪くないよね」

鳩尾さんは黙り込んでしまった。なにを言っても白々しくなりそうで、俺も口をつぐむ。窓の外の景色だけがひたすらに流れていく。なんとなく手持無沙汰で、画面を見るでもなく、スマホを握る。

「あのね、安芸くん」

鳩尾さんは俺のほうを見ずに、自分の足元を見ながら俺の名を呼ぶ。

「うん？」

「わたしはちゃんとわかってるからね」

「え、なにが」

「安芸くんが、まだ、わたしのことそんな好きじゃないって」

「────は」

「弱みにつけ込んだっていうか、強引に押して、安芸くんはわたしにつきあってくれてるだけだって」

「…………」

「安芸くんがわたしのこと好きだって思い込んで、ほかの人と仲良くしてたら泣くとか責めるとか、……パニックになるとか？　そういうの、しないから。……安心してね」

俺は――一体、鳩尾さんになにを言わせているのだろうか。

自分の身に起こったことを処理するだけでもしんどいだろうに。

あろうことか、俺を気遣っている。自分が二つ結びの女子のような行動はしない、と。

いや、なにをわからないふりをしているんだよ、俺は。

意識の奥底ではずっと引っかかっていたんじゃないのか。

『私も、好きな人に好きって言ってもらえないのが辛いってくらいは気持ちはわかるから』

さっきだって、鳩尾さんが二つ結びの女子に言っていた、その言葉を聞いていただろうが。

俺は、小麦のことを引きずったままで、鳩尾さんのことをいつか一番好きになれたらいいなあ、なんて、のんきなことを考えていた。でもそれは、その間ずっと、鳩尾さんに思わせているってことだ――俺の一番ではない、と。

俺は手の中のスマホを握りしめる。

この中には、水族館で撮った写真が入っている。三人で撮った記念写真。鳩尾さんにせがまれて撮った女子二人の写真。実は、ほかにもある。

たこの水槽あたりに二人がいたとき。

俺は、小麦の横顔を撮っていた。きれいだなあ、と思って、無意識に。なにをしているんだ俺は、と慌てて鳩尾さんにもカメラを向けて、撮った。そんなんで、なにも上書きできてなんかいやしないのに。

いつまでやるんだよ、そんなこと。

「鳩尾さん。ごめん、俺、中途半端《ちゅうとはんぱ》で」

俺はずるくて調子のよすぎるクズ。

そうやって口に出すことで、きっと俺は自分を守っていた。

自分で自分を非難したんだから罪を見逃してくれという保身野郎。

いけないことなのは承知です、自分はそう認識している常識人だってことはわかっておいてくださいね、という醜い自己防衛。

自分の薄暗い部分を自分で引き受けることすらできない卑怯者《ひきょうもの》。

俺は鳩尾さんに心の負担をすべて押しつけていた。見て見ぬ振りをするな。今すぐにそれをやめるんだ。考えろ。

利用してもいいよ、なんて好きな相手に本気で言う子がいるか。

責任感でつきあわれてうれしい子がいるかよ。

別れたときの小麦の顔が頭をよぎる。

「あのさ」

俺は、またやったのだ。

恋心がないままに、つきあって、傷つけた。

二度と同じことを繰り返さないと決意したはずなのに。

「俺は」

だから。

「鳩尾さんのこと、好きになったと思う」

嘘をついた。

「安芸くん……？」

鳩尾さんはゆっくりと顔を上げ、ぼんやりと俺を見る。

不思議そうな色が瞳に浮かんでいる。

まるで自分でもなにを感じているのかわかっていないかのような目。

俺の言葉はそんなに意外なものとして響いてしまったのか。

期待してくれ。求めてくれ。俺にしてほしいことを言ってくれ。

こんなに優しい子が傷ついていいはずがない。

「あー、元々、いい子だなって思ってた。今日、はしゃいでたのも、その、可愛かった。時間をしっかり見てるのも、すごいなって。他人に言いたいことを言えないって言ってたのに、でも、友達のためになら怒れるってところとか。……全部、好きだ。好きになった」

俺はたどたどしくなりながらも、理由を並べる。

大きな嘘をつくために必要なのは、ディテールだ。細部をクローズアップすれば、ほかに目がいかなくなる。

いや、この『好き』が真っ赤な嘘だったとしても、永遠の嘘は真実だ。

だから俺はこれを真実にする。

同情なんかじゃない。信念だ。

座席の反対側にいる小麦のことは、見なかった。

11

桜子と玄と一緒に遊園地に遊びに来ている。

今まで見たこともない遊園地だけど、乗り物がすべて極端なまでにビビッドなカラーで、目が痛くなってくる。

「加二、これ二人乗りだから」

玄がそう言って、引き止める間もなく、桜子の手を引っ張って、ティーカップに向かう。なぜか私は納得していて、異議をとなえることもなく、二人とは別のカップに一人で乗って、ぐるぐるとハンドルを回す。

「小麦ちゃん、これ二人乗りだから」

桜子がそう言って、引き止める間もなく、玄の手を引っ張って、メリーゴーランドに向かう。

二人が姫と王子のごとく馬に乗っているのを見ながら、私は別の馬に一人でまたがる。

お化け屋敷、ゴーカート、観覧車。なんのアトラクションに並んでも、「これ二人乗りだから」と言われて置いていかれてしまう。

「小麦ちゃんも一緒に乗る？」

「来いよ、加二」

突然、二人が笑顔で振り返った。誘われたのはジェットコースターで、乗るところはどう見ても二列しかない。なのに、どういう原理か三人で座ることができる。私は真ん中に座っていて、これをおかしいと思っているのは自分だけらしい。

「ねえ、これ……。二人乗りよね？」

左右にそれぞれに首を振って、玄と桜子に問いかける。なのに、二人とも私の声が聞こえないみたいで、なにも答えてくれない。ねえ、ちょっと、と、いくら呼びかけても、二人楽しく話をしている。

カタカタとコースターが傾斜を上っていく音に、緊張が高まっていく。てっぺんまで上りきったとき、二人の手が左右から伸びてきて、お互い、大切そうに握り合う。

「俺は鳩尾さんのことが好きなんだ」

「わたし安芸くんが好きなの」

その直後、コースターは落ちていく。今さら気付いたけど、私だけ安全バーをしていない。

「ちょっ、嘘でしょ………っ⁉」

目の前が突然真っ暗になる。奈落に向かってまっさかさまだ。

「————————っ！」

どん、と体に衝撃が走る。目を開けて、一瞬なにが起こったかわからなくて、でも見慣れた私の部屋の天井《てんじょう》があって、ジェットコースターから投げ出されたんじゃなくて、ベッドから落ちただけだとわかる。荒唐無稽な夢を見ていただけなんだ、と。

最近よく似たような夢をよく見る。

いつからこれが始まったかなんてハッキリわかっている。

水族館からの帰りのバス。

私は、起きていたのだ。

桜子の肩を借りて、寝たふりをしていた。

一旦、一人で情報も感情も整理したかったのだ。桜子が嫌がらせを受けたのは、私が報道部に手紙を持っていったせいじゃないの、とか、先に好きになったほうが優位だなんてばかなことを私が思っていたなんて、とか。

それに、あとは、ほんの少しの出来心。

玄と桜子は二人ならどういう話をするのだろう、と気になってしまった。

そうしたら、玄が、桜子に告白した。

好きになったと思う、って、玄のこれ以上ないほど真面目でひたむきな声を、私のこの耳で、直接、聞いた。

微動だにせずにいられたのは奇跡だと思う。

いや、ただ動けなかっただけかもしれない。硬直していた。思考が停止して、手足の先からどんどん熱が失われていった。すう、と体からなにか抜けていくような感覚があった。

私は、玄と桜子がつきあっていることくらい、当然、わかっていた。……でも、実際は、わかっていたつもりでしかなかった。

自分の恋心を忘れるために紹介をした。玄を諦めたかった。

だから二人がうまくいってほしいって思っていたのも嘘じゃない。

桜子に私のような思いをしてほしくないっていうのももちろん本心だ。

でも自分でも知らない心の奥では――玄は鈍くて、恋愛に疎くて、誰のことも好きにならないなんて思っていたんだ。私のことを好きにならなかったように。

なのに、玄が恋愛をしようとしている。

桜子に、恋をしている。

ずっと願っていたことなのに、その事実に、悪夢を見ている。

今日は定例会議があるらしかった。

会議だから出席するように言われて報道部の部室にやってきたものの、進行している活動もないのだから、各々《おのおの》特に報告するようなこともなかった。

むしろ玄はこれからの話をしたいらしかった。私が入ったことで廃部を免れたことだし、そろそろ今後の方針をちゃんと固めたい、と。

私は時々相槌を打ちながら、玄と桜子が楽しげに話しているのを眺めていた。

部外者だという感覚は元々ある。

私は週二回程度義理で顔を出し、秋口には退部することを決めている、いわば臨時部員。そして、部長ともう一人の部員は恋人同士。

それでも、疎外感を覚えてはいなかった。なのに、今は私なんかが本当にここにいていいのかと疑問になる。

「小麦ちゃん、どうしたの？」

「なんか最近ぼうっとしてないか？」

桜子が隣から、玄が向かいから声をかけてくる。二人は夢とは違って、私を無視したりしない。むしろこうして気遣ってくれる。

「ごめんなさい、ちょっと寝不足かもね。私は報道部のことはまだよくわからないし、方針に口を出すつもりはないのよ。二人で決めて」

普段の私はこういう感じでよかっただろうか。

「でも小麦ちゃん、報道部の番組に興味あるって言ってたのにー」

「会議って名前がよくなかったか。別に堅い意見じゃなくても、カジュアルにいろいろ言ってもらっていいんだけど」

「もっとリラックスした空気にすればいいのかなー。小麦ちゃん、なんか甘いもの食べる?」

「鳩尾さん、甘い物万能だと思ってるよね」

「燃料ですぞぉ」

「その謎キャラ本当になに?」

「あ、でもキャラメルロケットプロジェクトってのがあったって聞いたことあるなー。キャラメルでロケット飛ばそーってやつ」

「燃料じゃん」

「だからそう言ってるじゃん! えへへ、今日はね、ミルクキャラメル持ってるよー」

二人してなにを喋ったらいいか悩んでいたのが嘘みたい。

スマホでいちいち相談してくるようなことは多分、もう、絶対にない。玄にも桜子にももう私の助けなんか絶対にいらない。私なんか、いらない。

「はい、小麦ちゃん! 安芸くんも、どーぞ!」

桜子がキャラメルの箱を開けて、中身を配る。なんとなく食べる気にならなくて、私は指先で弄んだ。

玄は包みを開けて、すぐに口に放り込んだ。口の中でキャラメルを転がしながら、右の掌を頬に当てる。それを見て、私は少し心安らかになる。

「安芸くん、キャラメル大好きなんだー？　言ってよー、もっと食べる？」

くすくすと笑う桜子に、玄は目を丸くした。

私は虚をつかれた気分になる。

「え、そうだけど、鳩尾さん、なんでわかったの」

「わかるよ。アメとかでもさ、安芸くん、好きな味？　っていうか、おいしいなーって思って食べてそうなとき、ほっぺた押さえてるもん」

「え？　うわっ、本当だっ？」

玄は自分のやっていることに今さら気付いて驚いている。

「えーっ、それ無意識だったんだ⁉　可愛いねー！」

「か、可愛くはない。知らなかった……。言われてみればやってるな、俺。うわ、本当にやってるわ。多分、小さいとき姉ちゃんに遊ばれたからだ」

「どゆこと？」

「俺がおいしいって言うと、『落ちちゃうよ！　大変大変！』ってほっぺた押さえてきて。それが結構しつこくて。癖になってたんだなあ、知らなかった」

「なにそれ、理由まで可愛い！」

「べ、別に今は本当にほっぺた落とすと思っているわけじゃ……」

恥ずかしそうにしている玄と、うひひー、とからかうような笑いを浮かべる桜子。

私は、耐えがたいほどに苦しくなった。

玄の、おいしいものを食べたとき頬を押さえる癖。指摘したことはなかったけど、私だって知っていた癖。玄の家族以外なら、きっと私だけが気付いていて、微笑ましく思っていた癖。

こういうのを、これからひとつひとつ、桜子が知っていくんだ。

私だけが知ってることではなくなっていくんだ。

知らぬ間に抱えていた優越感や独占欲が少しずつ奪われていく。奪われていく？　ばかみたい、元々私の所有物なんかじゃないのに。

こんな些細《ささい》なことで動揺するなんて、私にはちっとも覚悟ができてなかったのかもしれない。

玄を諦める覚悟が。

「あれ、小麦ちゃん、いらなかった？」

「いえ……。あとでいただくわ。ありがとう」

声がかすれないよう、注意を払った。いつも通りにしなければならない。

「あっ、足が細くなる秘訣《ひけつ》を見た気がした！　うー、間食やっぱダメかー。わたしも食べるのやめようかなー、太っちゃうしなー……」

「桜子、全然太ってないじゃないの」

「違うよ⁉　そういう『そんなことないよ』待ちで言ったわけじゃないよ⁉　もーね、本当に太ってきちゃったんだよー。最近夜にもお菓子とか食べちゃうんだー。やめなきゃって思ってんだけどね」

桜子は下っ腹のあたりをさする。

「でもさ、誰にだってあるよねー？　やめなきゃってすっごい思ってるのに、やめられないことって」

瞬間、見透かされたと思った。違う、そんなのは私の被害妄想だ。桜子はただ間食の話をしているだけだ。

「……ちょっと、私、お手洗い行ってくるわね」

別にお手洗いなんて行きたくもないのに、この場から逃げたくて席を立った。

不自然にならないように、部室から一番近くにある女子トイレに向かう。

個室には入らず、洗面台の大きな鏡の前に立つ。

自分を見つめる。嘘だらけの自分を。

玄を好きでいるのをやめようと思った。やめられていなかった。恋心の自然消滅を望んでいた。気付いた。そんな生ぬるいことを言っていたらだめなんだ。

私は決意する。

ぐ、とお腹《なか》に力を入れて、鏡に顔を近づける。自分の顔を睨みつける。

明確な意思を持って、恋心を消す。嘘だらけの自分は殺す。私は、それができる。

だって、私のこの気持ちは、間違っているんだから。

× × ×

「えへへ、わたしも来ちゃったー。あれ、なにしてるの？ まつ毛入っちゃった？」

桜子がやってきて、私は慌ててぱっと鏡から離れる。

「なんでもないわ。大丈夫よ」

そう、もう、なにもかも、大丈夫。

「えへへー、小麦ちゃんと連れしょんだ」

「その言葉は可愛くないわね、……って、なんなの、ちょっと」

「いいから、いいから」

桜子が甘えるようにぎゅっと腕を組んできた。それはいい。よくあることだ。だけど、組んだままの腕を引っ張られて、個室に連れ込まれるなんてことはさすがに初めてだ。あまりのことに流されるまま抵抗できなかった。

個室は二人で入るには当然狭い。体のあちこちが触れてしまいそう。腕はもう組んでいないけど、自然、向き合うような形になっている。私を見上げる桜子に対して、今さらのように思う。可愛い。

私は漫画をよく読むのだけど、ある日突然性別が変わってしまったら、という物語が結構ある。だから思う。きっと男子が『もし自分がある日突然女の子になっていたら』という妄想をするときにアバターにするのは桜子のような女の子なのだろう。着飾ったり、誘惑したり、やりたいことのすべてを実現できそうな容姿。それを羨ましいとか妬ましいとか感じたことはなかった。なのにこの子はなんでもできるのかもって思ったら、少し胸がざわついた。

「ごめんね、いきなり。実はちょっと折り入ってご相談がございましてですなー」

「相談なんて外でもいいじゃないの」

「気分の問題だってば。内緒話なんだもん」

少し顔を赤らめて桜子はもじもじと言《い》い淀《よど》んでいた。けれど、案外時間を置くことなく、すぐに意を決したように口を開いた。

「あのね、安芸くんにうちに遊びにおいでよって言っても引かれないかな?」

自分の恋心を消すと決めたばかりだというのに、一瞬、酸欠にでもなったのかと思うくらいに、思考が飛んだ。

「なにに引くの?」

血を吐く思いで立て直す。私の内心の乱れには気付かず、桜子は「えー、だって」と拗ねたように続ける。

「わたし、鳩尾さんっていまだに苗字で呼ばれてるくらいなんだよ？　だ、だから、がつがつしてるなーとか思われちゃうかなって」

「家でなにするつもり？」

「き、キスとか？」

「それ以上のこと期待されると思うけどね」

「え、わっ、わー、小麦ちゃん、なに言ってんの――……！」

桜子が上気した頬を押さえる。

そうだ。つきあうってことはそういうこともあるんじゃないの。

玄は、私にはそういう視線を向けてきたことなんてないけど。

「でも、安芸くんって、わたしのことそういうふうに見てくれてるのかなー……？」

不安そうにしている桜子を、私は正面から抱きしめた。じんわりと熱が伝わってくる。呼吸をするたびに甘い匂《にお》いが鼻腔をくすぐる。

あたたかくて、柔らかくて、いい匂いで、自分のことを好きで、いやらしいことを受け入れてくれる女の子。

私でさえ少しドキリとする。玄だってこんなのきっとひとたまりもないだろう。まして、玄は桜子のことが好きなんだから。

でもそれがなんだと言うの。なにも考えたくない。そもそも、私になにか口を挟む権利なんてない。

「えー、慰めてくれてるの？　ありがとー。……小麦ちゃん？」

桜子が不思議そうに呼びかけてくる。少し抱擁が長すぎた。私はそっと体を離した。

えへへ、と桜子が照れくさそうに笑っている。

これでいい。この子の近くにいられるのだから。

「桜子って友達が大事なのよね？」

「うん」

玄は手に入らなくても――ずっと桜子とは友達でいられる。

これからのことに意識を移すと、ふと、少し気になることがあった。

「……桜子は、この先、安芸とどんどん親密になって、それでも、私のこと邪魔だって思わないの？」

「小麦ちゃんだったら嫌じゃないよ」

全幅の信頼。……それとも安全牌《あんぜんぱい》扱いの侮《あなど》り？

「あっ、別に小麦ちゃんなら安心だし～とかあぐらかいてるわけじゃないからね」

「え？」

まるで私の心を読んだようなことを桜子は言い出す。

「小麦ちゃん、すっごく魅力的な女の子だし、自分の彼氏が小麦ちゃんと一緒にいたらあの子のほうを好きになっちゃうかも⁉　って不安になると思うよ。でも、小麦ちゃんはわたしを裏切ることはしないんでしょ？」

いつか桜子に伝えた言葉——私は絶対に裏切らない。それを鵜呑《うの》みにしているということだろうか。少しでも私を疑うことは、ないのだろうか？

信用されすぎていて、潔白さを求められているようで、少し窮屈に思ってしまった。裏切る気はないから、そんなことを思う必要はないのに。

「あ、わたしの友達とかじゃないからそもそも関係ないけど、安芸くんの元カノさんが、今、安芸くんの近くにいたらちょっと不安になっちゃうかも」

——え。

「わたし、安芸くんが元カノさんのことをすっごく好きだった時期があるって知ってるから……。もし、元カノさんが安芸くんにアプローチしてきたら、取られちゃうんじゃないかなって。そんなの気にしなくていいってわかってるんだけどね」

心臓が締めつけられる。

思考がうまく働かない。

桜子は元カノと私を別人として捉《とら》えている。だけど、きっと、その元カノって、私のことだ。

私のあと、そして桜子の前に玄がほかの誰かとつきあっていた可能性もある。でも、それだったら、桜子とつきあい始めたときにもっとスマートに振る舞えるはずだ。

だから、その『元カノさん』は、私。

嘘。好きだったの？　私のことが？

なんで。まさか。そんな。でも。

私とつきあっていたときは私のことが好きじゃなかったくせに。別れてから私のことを好きになっていた時期があったってこと？　いつ？　受験のとき？　疎遠になって心寂しくなったとか？

もしかして、タイミングさえ合えば、私と玄だって恋愛感情を抱き合った恋人同士になっていたかもしれないってこと？

「あっ、これ、言っちゃダメだったんだ！　ごめん、小麦ちゃん！　わたしが元カノさんのこと喋っちゃったの、安芸くんに黙っててくれる⁉」

「え、ええ……」

ぎくしゃくうなずきながら、私は平静を装うので精一杯だった。

落ち着いて。

こんなことで決意が揺らいだりなんかしない。恋心は消す。

玄が私を好きだった時期がある？

だからなによ。遅いの、なにもかも。そんなの知ったところで今さらなんになるの。

玄が過去に誰のことが好きだったとしても、今は桜子のことが好きなんだから。

12

「さあ、徹底的に片付けるぞ、柴田！」

休日を使って、自分の部屋の大掃除をすることにした。

傍《かたわ》らの柴田に己の気合いを伝える。柴田は少し考えるように小首を傾げて、薄く開けてあるドアから廊下に出ていって、しばらくして犬用ブラシをくわえて戻ってきた。

「いい子だな、柴田ー。世界一賢いなー！　でもなー、今日はさー、片付けるものが違うんだよなあ」

そうだ、愛犬の毛づくろいはあとでだ。というか、ここでやったら毛が抜けまくって大変なことになるから玄関とかでやる。柴犬の毛、抜けすぎ問題。

俺の部屋には小麦からもらったものがそこそこある。

プレゼントというほど大層なものではないとしても、たとえば食玩のオマケだったり、柴犬モチーフの小物だったり、土産に添えられたメモだったり。

普段は机の引き出しに突っ込んでいたとしても、ふとした瞬間引っ張り出してきたくなるようなものたち。特別じゃないけど、ふと心の安らぎを与えてくれるような。

でも、もういい。

俺は鳩尾さんのことが『好き』だから、こういうのはいらない。

俺は用意したごみ袋にそれら――思い出ともいえないような思い出を、小麦との日常のかけらを、放り込んでいく。なるべく手元を見ないようにして、残すか捨てるかなんて迷わないように、すべてを片付ける。

なにかの思い出の品をバッサリすべてゴミに出す人は、一見、未練をすぐに断ち切るタイプに見える。

だけど、実際のところ逆であるらしい。目につくところに思い出の品があると、いつまでもうじうじ過去にとらわれてしまうタイプだからそうせざるを得ないだけなのだと。物はしょせん物だと割り切ることができない。

そう、俺は未練がましい。

だから小麦を想起させるものを部屋から一掃しなくてはならない。

「あれ……？」

黙々と作業をしていたら、ふと、柴田があまりにも大人しいことに気付いた。いや、柴田は普段から無駄吠えもしないいい子なのだが、そういうのとは違う、これはなにかこそこそしているときの気配。

「あっ！」

後ろを向くと、ぺたんと伏せた柴田が、前肢になにか抱え、あぐあぐと噛んで遊んでいた。

うーわっ、なんだおい、遊ぶおもちゃとか俺の部屋に置いてないだろ、誤飲すんなよ⁉

「柴田ー、返してー?」

下手に叱《しか》ると柴田の性格上びっくりしそうで余計危ないので、優しく声をかける。

近づくと、柴田は取られまいと唸《うな》ったが、俺が右の掌を上にして静かに待っていると、しぶしぶ噛んでいたものを置きにきてくれた。なんだろう。

「あー……」

手元にあるのは、今一番見たくないもの。

持ってきてくれてありがとね、と、もう片方の手で柴田の頭をわしわし撫でた。でも、お前俺の捨てるはずのものを持っていくなよ、と、深くため息をついた。

初めて小麦からもらったものだ。

鈴のキーホルダー。小学生のときにもらって、しばらくしてから壊しちゃったから今はもう音が鳴らないけど。色違いでおそろいのものを小麦も持っている。

柴田のこととかいろいろあって、俺が『置き去りにされているものを見るのが嫌だ』って言ったのを小麦はふうん、と、聞いていた。でも、数日後に、『じゃあ置き去りにされてるものにこれを付ければいい、音が鳴るからみんなが見てくれる』と言って、これをくれたのだ。

その考え方とか、ちょっとした一言を流さずに思いやってくれたこととか、俺はすごく感動した。うれしさのあまり、俺はいつも持ち歩いていた。あんまりにも手放さないもんだから、姉ちゃんにうるさいと怒られたのも今となってはいい思い出で……、いやいや、違う。

それでも、捨てるんだ。

……小麦への想いも、一緒に捨てる。


「――――よし」


俺はゴミをまとめて、集積所に持っていった。

手をパンパンと払った。執拗なくらいに。体に染《し》みついているかもしれない、ほこり程度の想いすら払ってしまいたかった。

これで、俺は鳩尾さん一筋だ。

空いたところには、鳩尾さんとの思い出を新しく詰め込んでいく。

小麦への想いを捨てたからって、なにも小麦に冷たく接するわけじゃない。そんなのは鳩尾さんが悲しむ。ただ俺の意識を変えて、普通に接すればいいだけだ。

元カノで幼なじみの小麦、ではなく、彼女である鳩尾さんの友達の小麦。

鳩尾さんが望むだろう、仲良し三人組。

明日からなにもかも、うまくいく。

13

ところで、うちに珍しい動物がいるから見に来ない？

背景なしに、ポンとこの文章だけ出されたら、下手くそなナンパ師みたい——って思うところだけど。

これは、桜子が玄を家に誘った台詞。

今日の部活で、動物の特集をしたいね、なんて話の流れから、少し声を裏返らせながら桜子が言った。なにを言うかではなく誰が言うかが問題なんだって考え方があるけど、なるほど、こういうことかって納得してしまった。桜子が言うと、すごく可愛く思えるお誘い台詞だった。

玄は、一般家庭ではあまり飼えないタイプの大型犬五匹が桜子の家にいるって聞いて、かなりテンションを上げていた。桜子の飼い犬の種類は今の今まで知らなかったのね。あんな上ずった声の『マジ⁉』『マジで⁉』なんて久々に聞いたわよ。

一応、部活の特集での取材って名目だけど、そこは彼女の家に呼ばれたってことに真っ先に喜びなさい。

まあ、でも、桜子はそういうところも好きなのだろう。もちろん、自分には手を出してほしいとは思うだろうけど、『行っていいの⁉　でへへ』みたいな反応をされたら引いてしまうのかもしれない。とかにくモテて、剝き出しの欲望をぶつけられてきた子だから。

他人事のように考えていたら、なぜか桜子は私も誘ってきた。

いえ、私も部員ではあるけど……。

動物特集っていうのは、てっきりお手洗いで私に相談してきた『安芸くんをうちに呼びたい』計画の一環なのだと思ったのに。

それだったら私が部活に来ないときに提案すればいいのに……、という困惑が丸ごと漏れていたのか、桜子は「やっぱり三人のほうが楽しいかなって思って！」と耳打ちしてきた。

本心なのかもしれないけど、私はそこまで野暮《やぼ》じゃない。だから。

「いけない。忘れ物。部室、戻る」

下校のため靴箱まで来て、二人が靴を履きかえたところで、私は完璧な演技をした。

「取りに行ってくるから、二人は先に行ってて。それに、先生にバイト申請のことで聞きたいことあったのを思い出したわ。時間がどれだけかかるかわからないし、待たれると逆に焦るから、あとで桜子の家で合流しましょ」

引き返す用事がある。私は桜子の家を知っている。だから桜子は安芸を案内すべき。待たれるのは迷惑。二対一になるべき理由をいくつも上げる。私だけは上履きのままなので、さっさと一人、踵《きびす》を返す。

「えっ、待つぞって」

「そうだよ、って、小麦ちゃーん、もー！」

それでも案の定二人は食い下がってきたので、私は「大丈夫よ」と言い捨て、小走りで二人の前から去った。

なんだか今日は、玄の顔も桜子の顔も、ろくに見ていない気がする。


そうして、一人、部室まで戻ってきた。

「あーあ……」

部室に入るとどうしたって、壁に貼られた写真が目につく。

楽しそうに笑っている三人。でも今ここにいるのは私一人。

写真から離れて、いつもの席のパイプ椅子に腰かけた。

はあ、と大きく息をつく。

ここに忘れ物はない、バイト申請で知りたいことだってない。ただ玄と桜子を二人っきりで桜子の家に行かせたかっただけ。

二人の距離を近づけさせて、関係を発展させて、友達のちょっと大人な体験談に興味を示したりする。

『玄に恋してない私』なら、そうする。

頃合《ころあ》いを見て、二人が桜子の家に到着したあたりで、行けなくなったってドタキャンの連絡をすればいい。それで終わり。

二人でキスでもなんでもすればいい。大型犬に囲まれながらなんて、ちょっと映画のワンシーンみたいでいいんじゃない。私にはもう関係ない。

なのに。

「……お、いた。どう見ても忘れ物探してないだろ」

部室のドアが開いた。

こちらに近づいてくるのは。

口調は軽いけど、私を少し心配そうに見ている——玄だった。

玄が、一人で、戻ってきた。

呼吸が苦しくなって、あえぐように息をした。

「……なんで?」

「なんでってなんだよ、こっちの台詞だろ。お前がなんか……仮病? みたいなことしてたから気になったんだよ」

さっき並べた理由に、病気は一つもない。

どういうこと、という私の視線を受けて、玄は言葉を足してくる。

「電報喋りって俺笑っちゃったことあったけど、『オナカ　イタイ　スグ　カエルワ』の亜種っていうか……、そこまで極端じゃなかったんだけど、なんか忘れ物取りに戻るために言い出した最初の言葉が、微妙に違和感あったんだよな」

なんで、そんな軽口を覚えているの。なんでそれで私が無理してたのがわかるの。真実を見抜く能力に長けているっていうあんたの冗談が今はしゃれにならない。

しかも、なんでそんなことくらいで。

「桜子を置いてきたの？」

「違うって、ほかのクラスの女子に話しかけられてて、校門のとこから動けない感じ」

「校門まで行ったのに、あんただけ戻ってきたの？」

「どうしても引っかかって。……なんかあったのか？」

じわじわと黒い染みのように、胸の内に優越感が広がる。

嫌だ。足止めされたからという前提があっても、玄が桜子を置いて私のところに来てくれたことを、どこかで喜んでいる。

違う、違う。そんな気持ちは認めない。私は桜子には絶対嫌われたくない。悲しませたくもない。

私は机に突っ伏してすべてを遮断した。

「加二」「なんで嘘ついたんだ？」「おーい」「犬見たくないのか？　あ、お前は見たことあるのか」『加二、一回顔上げようって』『加二いー」

玄がしつこく声をかけてくるけど、無反応を貫く。

全身で、拒絶していることを伝える。こんなことして、あとから、どういう言い訳をすればいいのかわからないけど、今をやり過ごせればいい。あんたは桜子のことだけ考えていればいい。私は、玄に、恋してなんか、ない。

しばらくして。

玄は諦めてくれたみたいで、がらがらとドアが閉まる音がした。

ほう、と顔を伏せたままで息をつく。

「……嘘ばっかでばかみたい、私……」

嘘だらけの自分は殺す。そのために、嘘を重ねていく。

ぽろりとこぼれたこの言葉の嘘っていうのがなにを指しているのか、自分でももうよくわからない。

「やっぱ嘘ついてたのかよ」

突然、玄の声がして、がばっと顔を上げる。

玄は、ドアの内側に立っていた。困った奴だな、というような顔をして眉尻《まゆじり》を下げて。

外に出ていったんじゃなかった。

中に残ったままドアの開閉をしただけだ。

「なんでまだいるのよ……！」

私はかっとなった。少し大きな声が出てしまう。

「でてってよ……！」

「落ち着けって。俺、お前がなんで嘘ついたのか、全然わからないんだよ。俺と鳩尾さんに気をきかせてるのかなって思ったんだけど、それだったら、こんなにだんまりの意味がわかんないし」

しくじった。笑い話にすればよかったんだ。あなたたちを応援してるの、下手に気を使っちゃって悪かったわね、って。今さら言っても白々しいだけだ。

「加二。なんか言いたいことがあるならちゃんと言ってほしい」

玄は、本気で私の身になにが起こったのか知りたいんだろう。幼なじみとして、友達として、力になれることがあるのならなんでもする、って。

でも、こればかりは、あんたにできることなんて、なにもない。

私は顔を伏せて唇を噛む。あんたに言うことなんてない。こうなったら根競《こんくら》べだ。私はもうこの件に関して口を開くつもりはない。

しばらくして、はあー、と玄が大きく息を吐いた。

頑固な私にではなく、無力な自分にうんざりしているとわかる。玄はそういう人だ。

いらだったように後頭部をぐしゃぐしゃかきまぜながら、玄が小さな声で言った。

「……お前にも恋人がいればいいのになあ」

私は思わず片手で口を覆った。胃の内容物がせり上がってきそうだった。なにより、どす黒いなにかが口からこぼれてしまうのではないかと思った。

「そうしたら、こういうとき受け止めてくれるだろうに」

玄が言いたいことはわかる。友達に言えないことでも、恋人になら言えるかもしれないって考えるのは一般的だ。別におかしなことじゃない。

でも、よりによって、あんたがそれを言うの。

ああ、もう、いっそ、なにもかもをぶちまけてしまいたい。

もう自分にはどうすることもできないと思ったのか、玄が部室を出ていこうとする。確かにこれ以上いても膠着《こうちゃく》状態が続くだけだ。

なのに、どうしてだろう、私、行かないで、って思っている。

でも引き止めるなんて無理だ。

どうしよう。どうしたら。

そのとき、ふいに、いつかの桜子の質問が思い浮かぶ。

——わたしと一緒にいるときにクマが出たらどうする?

私は桜子を絶対に置いていくことなんてしない。でも桜子のように手を取って一緒に戦うとも言えない。私だったら一人でクマに立ち向かう。

自己犠牲タイプだね、なんて桜子には呆れられるかもしれない。

でも、今は。

走りやすい靴に履きかえてしまうビジョンが見えてしまった。友人を追い抜かして、友人を犠牲にして、自分だけが助かろうとするような。

いいえ。やっぱり違う。私はそんなことしない。桜子が大事で。でも玄を引き止めたくて。

違う。どうしよう。私のことを好きじゃないってわかってても玄を引き止めたい。

桜子のところに行かないでほしい。だめ、そんなみじめなことしたくない。

でも、嫌だ。もう、わからない――。

ぱたん。

今度こそ、玄が部屋を出ていって、ドアが閉まる音がした。

ふっ、と全身から力が抜けた。パイプ椅子に寄りかかる。

よかったんだ、引き止めなくて。

これで桜子にがっかりされなくて済む。お友達からお願いしますって、恋人より友達のことを下って思っている人なんかと私は違う。友達を大事にした。友情を守ったんだ。

少しだけ時間を置くと、頭の中がいかに愚かな考えに侵されていたのかを自覚する。自分に失望する。

なにをするつもりだったの、私。二人の仲をめちゃくちゃにしようとしてたの？

ふいに視線を上げた先には、三人の仲睦まじい写真。

それを見た瞬間、私はここにいてはだめだ、と思った。玄や桜子にとって写真の中の自分を本物。今の私は偽物《にせもの》。

自分の醜さを突きつけられるようで、私はとっさに写真の前まで駆けつけていた。

これはいらない。

壁から外したその写真の中から、自分だけを破り去った。

そのとき。

「とか言って、また戻ってくるからな、俺くらいになると」

ドアが――開いた。

玄が、手になにか紙切れを持って、再び、部室にやってきたのだ。

「って、は……？　お前、なにやって……!?」

私が写真を破いているのに気付いて、玄は慌てて駆けつけてきた。

ぶわり、と。せき止めたはずの感情がこみ上げる。

我慢しきって安堵《あんど》していたところに、また玄が現れて、もうわけがわからなくなってしまった。感情の濁流の中、ただ一点まぶしく、都合のいい真実があたりを照らす。

――引き止めなかった玄が戻ってきた。私にはやり直す機会が与えられたんだ――。

「おい、どうしたんだって加二」

私は玄の服を摑んで、そして。

「いっちゃ、やだ……」

ずっと伏せていた顔を上げた。

◆◇◆

小麦が心配だった。

これは恋心でも下心でもない。いつもと違う様子なのが気にかかったのだ。

鳩尾さんの立ち話が長くなりそうなので、ちょっと小麦の様子を見てくる、と校舎に戻ったのだが。

実質二度訪ねていって、両方ともに明確な拒否を受けたわけだ。

廊下に出て靴箱に向かいながら俺は考える。

小麦に弱音を吐ける場所があればいい。

そう思って、お前に恋人がいたらいいだなんて言ってしまった。だって、小麦は心を閉じていて、悔しいけど、幼なじみとか友人じゃ力不足みたいだったから。俺じゃなくていい、誰か小麦を楽にしてあげてほしい。でもその誰かがいないんだから、今は俺がどうにかするしかない。

いいかげんしつこいかな、とも思ったが、仏の顔も三度までとするならば、あと一回はチャンスがある。

今度は部室を訪れてきた目的は小麦じゃありませーん、という理由をこしらえたほうがより長居できるかもしれない。

「お」

ふと、思い出した。

水族館に行ったときの写真をプリントアウトして鞄に入れていたのだ。鳩尾さんが貼った写真の隣に並べようと思っていた。いつも部室に着くと忘れていて、家に帰ってから「あっ！」ってなってたんだが、今こそこれが活躍するときだ。

写真を貼るために、部室に行かなければならないのだ。そうだろう？

水族館での写真片手に、俺は部室まで引き返し、ドアを開いた。

そうして、なぜかこんなことになっている。

「おい、どうしたんだって加二」

俺の制服の袖《そで》が遠慮がちに小麦に握られる。

「いっちゃ、やだ……」

小麦が俺を見上げる。

どこか焦点が合っていないようなぼんやりとした瞳をしている。そこはみるみるうちに潤《うる》み出す。小麦は唇を強く噛みしめて、声が漏れるのを必死にこらえて――それでも涙がぽろぽろと零《こぼ》れ落ちていく。

小麦の泣き顔なんて柴田を拾ったばかりのときくらいしか見たことなかったのに、小さな頃から泣くのをこらえる癖があったのに、今ならどういうときに泣くのか予想すらできなかったのに、なんでこんな――。

「……小麦」

思わず名前で呼んでしまう。

ガタ。

ふいに、ドアの軋む音に続いて、ばたばたと廊下を走る足音が聞こえる。

誰だろう――いや、ここに来るなら鳩尾さんか。他クラスの女子と話が終わって、俺も戻ってこないから、とりあえず部室に様子を見にきたのかもしれない。

今、もしかして、中を覗《のぞ》いていたのか……？

だったらなにか妙な誤解されるかもしれないし、追いかけなきゃいけない。

俺《おれ》は小麦への想《おも》いは捨てていて、鳩尾さんが『好き』なのだから、なにが起こっているかわからずとも、今は鳩尾さんを追いかける場面だ。

それが答えだ。正解だ。正しいことだ。やるべきことだ。

なのに――――。

小麦は腕相撲が弱くて握力もないのに。今は小麦は親指と人差し指でそっと俺の服を摑《つか》んでいるだけなのに。

なぜだか、どうしても、俺はそれが振り解《ほど》けなかった。

俺の足はその場に縫い付けられたかのように動かない。

全身にしびれのような感覚が広がっていき、俺の指先の力が抜けた。

三人で写った水族館の写真が、ひらりひらりと床に落ちる。

小麦は一歩俺に近づいた。

その足の下に写真が入り込む。

気付かず、小麦はそれを踏みつけながら、かぼそい声で言った。

「私のほうが先に好きだったんだもん……」

私のほうが先に
好きだったので。

エピローグ

EPILOGUE

ドアの細い隙間《すきま》から、小麦《こむぎ》ちゃんと安芸《あげ》くんがただならぬ雰囲気でいたのを見てしまった。

わたしはその場から走り去った。家に帰って、自分の部屋のベッドにふらふら腰かけた。考えて、考えて、考える。なんであのとき教室の中に入っていけなかったんだろう。どうして、こんなはっきりとしない気持ちになるんだろう。

これは、わたしが望んだことだったはずなのに。

わたし、小麦ちゃんが安芸くんのこと好きだってことは知ってた。

わかるよ。親友の好きな人くらい。

一年のときとか、小麦ちゃんがぼうっとどこかを見てて、なに見てるんだろ？　ってその視線を追ったら安芸くんがいた、なんてことがざらにあったし。

過去、二人はただの幼なじみ以上の関係にあったんだろうなーっていうのも把握してた。たまに二人がしてた立ち話以下のちょっとしたやりとりからでもそれは感じ取れたから。

WATASHI NO HOUGA
SAKI NI
SUKI DATTANODE.

小麦ちゃんの好きな人だから、わたし、安芸くんの人間性をチェックしておきたくて、わざと目の前で落とし物をしたこともある。合格、合格。

なんでわたしがこんなに小麦ちゃんにこだわってるのかっていえば、実は、小麦ちゃんはわたしの初めてのお友達だからだ。

もちろん、お友達自体はいっぱいいる。

わたしって人気者だから。大天使とか呼ばれるくらいなんだもん。大天使ってネーミングセンスちょっとウケる。ヨコシマなこともいっぱい考える生身の女子高生だっての。

小さい頃、周囲の期待に応《こた》えて猫をかぶることを覚えたんだけど、そうしたら、ホント、面白いくらいに周りが騙《だま》されてくれた。

思ったよねー、みんな、ちょれーよ♡って。

特に安芸くんなんて真実を追求する部の部長で、本人も潔癖っぽいのに、いろんな嘘を全然見抜けてないんだよね。自分の目は確かって思ってる人ほど足下すくわれちゃうんだよ。おばかさんなんだから。

今さら猫かぶりもやめられないし、本性はずっと隠していけばいいよね。ちょっと窮屈だけど、もう板についてるし。性格悪いんだよ、わたし。

ルーズリーフを修復したのだって、あんなの別にあの子のためじゃなくて、放置したらわたしのせいみたいで寝覚め悪いなって思っただけだし。

下ネタ言う男子とか、部室に押しかけてきた一年生二人組とか、上履き盗難とかのいじめするやつとかなんて、抵抗できないけどびびってるわけじゃないし。心の中でばーかばーかってめっちゃ見下してるし。まともに相手したくないだけだし。

結局ストーカーだったあの子に水族館で怒っちゃったのは……、まあ、大事な小麦ちゃん絡みだからあれは素が出ちゃってもしょうがないよね。そのあとフォローしたのは、別に優しさからじゃないし。逆上とかされたらたまんないってだけだし。

ね？　わたしってば、計算高い悪女なんだよ。

報道部の本棚に置いてあった哲学の本にも書いてあった。

重要なのは【事実】ではなく【解釈】だって。たとえば、『友達に挨拶《あいさつ》をしたのに返事がない』って状況で、【事実】は『聞こえなかった』んだとしても、『無視された』って【解釈】したら、それこそが自分の中で正解になるわけだから、気に病んじゃう。

重要なのは解釈のほう。事実なんて別にいらない。じゃあ、わたしの場合、ひねくれものっていうのが事実でも、いい子って解釈されてるならそれでいいやってことだよね。

小麦ちゃんのことだって、出会ったばかりの頃は利用しようとしてた。

だって、一緒にいれば、クールな小麦ちゃんにびびって面倒臭い奴が寄ってこないって思ったから。でも、そう一筋縄ではいかなくて、ホントにいろいろあって……。

結局、わたしのほうが小麦ちゃんに陥落させられちゃった。

小麦ちゃんだけがわたしの本当のお友達なの。

もっと仲を深めたいっていつも思ってる。きっと、本当の友情なら、どんな喧嘩《けんか》をしても崩れないよね。私は小麦ちゃんとそういう強固な絆《きずな》で結ばれたい。

だから、手紙がきっかけで、好きな子を聞かれたときに安芸くんだって答えたのに。

いきなり報道部に連れ込まれてびっくりしちゃった。わたしは、小麦ちゃんがどう出るんだろって見たかっただけなのに、結果として小麦ちゃんは身を引いたんだよね……。

なにそれ！　わたしを対等に見てないってことじゃん！

対等だったら好きな男の子は取り合うものでしょ。

こうなったら、小麦ちゃんが戦う意思を固めるまで、安芸くんと親密になってやるからねって決めた。でもたくさん予想外な横槍が入ってくるし、もう、小麦ちゃん、早く焦《あせ》ってよー、わたしに宣戦布告しに来てよーって願うばっかだった。

あるときは好戦的に、またあるときは罪悪感をつついて、とか、いろいろ煽《あお》ってたのに、小麦ちゃんってば全然乗ってきてくれなくてやきもきしちゃった。

でも、さっき、部室で、多分、わたしの念願が叶ったところだったっぽい、よね。

現場に踏み込んで『小麦ちゃん、どういうこと⁉』って内心うきうきで詰め寄るべき場面だったのに。……そんなこと、できなかった。

安芸くんはわたしの彼氏なのに、って思っちゃった。

すごくもやもやして、わけがわからなくて、あそこから逃げることしかできなかった。

どうして？　わたしは、安芸くんのことなんか好きじゃないのに。ずっと安芸くんが大好きだって演技をしてただけなのに。

安芸くんにはちょっと興味があったけど、それも小麦ちゃんの想い人だからって理由だし。

わたしは小麦ちゃんとの友情が大事で、安芸くんを利用しただけで、全然つきあいたいなんて思ってなかった。

なのに本当は安芸くんのことが欲しかったの、わたし？　……いつから？

スマホを取り出してアルバムを見る。水族館で三人で撮った写真。楽しそう。小麦ちゃんといるからね。安芸くんと二人で撮ったものもある。わたし、すごく楽しそう。

これは演技だったはずだ。それどころか、安芸くんと過ごしてるときは全部演技してた。報道部で楽しく結成の写真を撮ってたのも、安芸くんにドキドキしてるように振る舞ったのも、水族館ではしゃいでたのも、全部、全部、わたしの演技だった。

安芸くんといて楽しかったのは、わたしに完璧に騙されている安芸くんを見て、ちょろいなーって、自分の演技のうまさに興奮しちゃってたからだって思ってた。

でも、そうじゃなくて。

もしかしたら、楽しかった理由は、単純に安芸くんと一緒にいたからなの……？

は？　うそ、違うよ、演技だよ。え、そうだよ。そうだよね。わたし、計算高いんだから。

あれ？ じゃあ、わたし、なんで二度目の告白をしたんだろう。

別に、安芸くんとつきあわなくても、小麦ちゃんが戦う意思を固めるよう仕向ける方法なんてほかにもありそうなのに、なんで？ 振られてぼろぼろになってる安芸くんを見て、わたしは冗談でつけこんじゃうよって口に出したけど、実はあのとき本気で思ってたの？ つけこめるぞって。なんで？ もしかして、あのときすでに安芸くんに惹かれてたってこと？ え？ は？ うそ。

安芸くんのどこを好きになるの？ 脅迫状（仮）のことをすごく真面目に考えてたり、報道部の部員集めでわたしの客寄せパンダにしなかったり、ルーズリーフなんて元に戻せるわけないだろとか言わずに手伝ってくれたり、好きになるところなんて……、別に……。

あ。

そういえば。わたし、水族館からの帰りのバスで、安芸くんに好きになったと思うって言われたとき、嫌じゃなかった。それが不思議だった。

だって、わたしに好きだって言ってくる人なんて、わたしの外見ばっかり見てるし、わたしの親切をすぐ好意と勘違いする鬱陶《うっとう》しい存在なのに。だから告白なんてされたら、いつもうへえってなるのに、安芸くんには全然ならなくて、なんでだろうって思ってた。……そっか。

わたし、安芸くんのことが好きだったんだ……？

報道部への入部をゴリ押すためにわたしの一割は安芸くんのものだって言った。口から出まかせだったのに、気付いたときには嘘から出た真《まこと》。一割かどうかは知らないけど、わたしの恋心は確かに安芸くんのものになっちゃってたみたい。

え、あれ、待って。ついさっきまで安芸くんの告白は本音だと思ってたけど、自分の気持ちを自覚した途端、信じていいのか不安になってきた。思い返すと、なんか、言い方が嘘っぽかったような。演技？　わたしを傷付けないように言っただけ？　それとも本当にわたしのことを好きになってくれたの？　小麦ちゃんのことが好きなんじゃなかったの？

全然わからない。初心に返るべき？

私は立ちあがってウォークインクローゼットの隅に置かれた収納箱を開ける。落書きだらけのノートとかそういうを入れておくための箱。なんかあったときの証拠品だからね、捨てないで取っておくのこういうのは。

脅迫状（仮）を取り出す。そうだよ。全部ここから始まったんだよね。

頭の中は混乱してぐるぐるしてるけど、一個だけ確実にわかってることがある。

わたしが安芸くんのこと、手放せなくなっちゃったってことだ。

本当は、小麦ちゃんと対等な関係になって、バチバチに喧嘩したら、安芸くんのことは、頃合《ころあ》いを見て別れて小麦ちゃんに譲ればいいやって思ってたんだけど。

でも、その結末を変えたい。小麦ちゃんとの友情も深めてわたしが勝ちたい。

小麦ちゃんって、先に好きになったほうが有利って思ってそうだよね。実は安芸くんとわたしの幼稚園が一緒で、わたしの初恋が安芸くんとか言ったらどんな顔するんだろう。

ま、正直初恋とかどうでもよかったし、安芸くんもわたしのこと覚えてなかったけど。わたしにも幼なじみがいたって匂《にお》わせたのに。

『俺なら絶対に忘れないよ。鳩尾《はとび》さんを忘れるなんて奴いたら、そいつの記憶力疑いたくなるよ』なんて自信満々に言ってて、調子いいんだからもう。

わたしは脅迫状（仮）の中身を見る。これはあの女の子がわたしへの思いの丈を書いたものって言ってたけど。

今となってはまるでわたしの気持ちがこうなるのを教えてくれてたお告げみたい。

でも、わたしの場合は『先に好きだったのに』なんて指をくわえて見てるだけじゃいられない。

攻勢あるのみだよね。

もしこう言ったら、小麦ちゃんは悔しくなってわたしと本気で喧嘩してくれるかな。

……きっと、小麦ちゃんもわたしと同じように考えてるんだよね？

――わたしのほうが先に好きだったので。

――私のほうが先にすきだったので。

あとがき

よう坊主、世の中には二種類のラノベ作家がいるって知ってっか。後書きが得意なやつと、後書きが苦手なやつだ――。

圧倒的後者な僕《ぼく》は今追いつめられています。あとがきといえば小粋な小ボケを小出しに繰り出し小賢しいほど小器用かつ小ぎれいにまとめて大いなるユーモアの持ち主であると見せつける場。……無理だよ！　こちとら真面目だけが取り柄の人間だぞ！

うーん。『葛藤《かっとう》する女の子を書きたかった』とか企画意図などを記して淡々と事実を述べるという手もありますよね。……嫌だよ！　どうあがいてもネタバレになるじゃん！

――書けません、ATOGAKI……。

担当さんにそう訴えたら鉄球のついた足枷《あしかせ》をはめられ、窮屈な小部屋に閉じこめられ、あとがきを書き終えるまでそこにいろと言われました。くそっ、これがGA編集部のやり口か……！　書く道具を与えられなかったのでこの文章は血文字で書いています。

というわけで（?）、謎のご縁でGA文庫初参戦、佐野しなのです。

これは本気で謎なのですが、以前出版したある本について、その本の担当Aさんに感想ホシイホシイと鳴いていたら、Aさんが知人さんから感想を貰ってきてくれたことがあります。その知人さんが今この本の担当さんです。
不思議ですよね、ご縁。繋がるものですね、人間。
謝辞です！　謝辞はむしろ書きたい所存。僕の体は水分よりも多量の感謝で出来ていると
いっても過言ではないので。
イラストを担当してくださったあるみっく先生。繊細で魅力的なイラストをありがとうござ
います。執筆時の心の支えでした。僕自身のキャラクター解像度がより鮮明になりまして、本
当に感謝しています。
担当田中様。大っ変ご迷惑をおかけしました。多大なるお力添えに感謝です。僕はあなたほ
ど有能な方を見たことがない！（この書き方、逆に編集著者間でエグい喧嘩してそうな感じに
なるのはなぜ……？）（しかもほかの人間全員をおとして褒める手法なので誰も得しない）
悩んだときに話を聞いてくれた知人友人作家、営業部の方々、書店の方々、この本にかか
わってくださったみなさま、そして、この本を手にとってくださったあなたさま！
誠にありがとうございました。心より御礼申し上げます。
焦げ付いた三角関係を引き続き応援いただけるとうれしいです。
またお会いしましょう。佐野しなのでした。

抵抗不能。

どうして小麦の尻が俺の下腹部に乗っかっているんだ。

両膝を部室の床についた小麦は、仰向けになった俺の体にまたがっている。

めくれあがったスカートのせいで、太ももがいつもの比じゃないほどあらわだ。

小麦が上体を俺の胸に押しつけるようにして体重をかけてきた。

ぐっしょり濡れた瞳と、生温かく湿った吐息。

どこか熱に浮かされたような小麦の顔がすぐ近くにある。

なぜ、こんなことになった？


『私のほうが先に好きだったんだもん……』


そうだ。小麦が言った。ついさっきそう言った。

俺はその言葉をなにひとつ咀嚼することができなかった。

硬直する俺に身を寄せようとした小麦は、踏んだ写真で足を滑らせ、体勢を崩した。

俺はうまく支えてやることができず、二人して倒れてしまった。

大丈夫か、と声をかけようとした。できなかった。声なんか出なかった。

俺は思わず身をすくませてしまった。

加二釜小麦は、俺の幼なじみで、憧れで、元カノで、今カノの親友で、誰よりよく知る相手で、だけど、今、目の前にいるのは、まるで知らない女の子だったからだ。

青春×泥沼×三角関係
私のほうが先に好きだったので。
第2巻 来春発売予定

ファンレター、作品の
ご感想をお待ちしています

〈あて先〉

〒106－0032
東京都港区六本木2－4－5
SBクリエイティブ（株）
GA文庫編集部 気付

「佐野しなの先生」係
「あるみっく先生」係

本書に関するご意見・ご感想は
右のQRコードよりお寄せください。

※アクセスの際や登録時に発生する通信費等はご負担ください。

https://ga.sbcr.jp/

私のほうが先に好きだったので。

発　行　　2021年12月31日　初版第一刷発行

著　者　　佐野しなの
発行人　　小川　淳

発行所　　SBクリエイティブ株式会社
〒106－0032
東京都港区六本木2－4－5
電話　03－5549－1201
03－5549－1167（編集）

装　丁　　AFTERGLOW

印刷・製本　中央精版印刷株式会社

ISBN978-4-8156-1157-6

Printed in Japan　　GA 文庫